Mittendrin

Heinz Nigg

FSC
www.fsc.org

MIX

Papier aus ver-
antwortungsvollen
Quellen
Paper from
responsible sources

FSC® C105338

Bibliografische Information der Deutschen Nationalbibliothek:
Die Deutsche Nationalbibliothek verzeichnet diese Publikation
in der Deutschen Nationalbibliografie; detaillierte bibliographische
Daten sind im Internet über http://dnb.dnb.de abrufbar.

© 2023 Heinz Nigg

Korrektorat und Layout: AV-Produktionen Heinz Nigg

AV-Produktionen NIGG, Zürich
Herstellung und Verlag:
BoD – Books on Demand, Norderstedt

Fotocollage auf dem Umschlag: Nigg, 2023

ISBN: 9783757820008

Auch als E-Buch erhältlich

Heinz Nigg

Mittendrin

AV-Produktionen NIGG
Videos – Bücher – Ausstellungen

Liebe Leserinnen und Leser,

in diesem Tagebuch nehme ich Sie mit auf eine Reise durch meine Erlebnisse und Beobachtungen nach der Pandemie. Ich erzähle von Aktionen, Veranstaltungen und Publikationen, die mein Interesse geweckt haben, und von inspirierenden Menschen aus meinem Umfeld, deren Ideen, Arbeiten, Projekte und andere Aktivitäten ich sehr schätze. Während der Pandemie fühlte ich mich oft von meinen Kontakten abgeschnitten. Jetzt bin ich froh, wieder am sozialen Leben teilnehmen zu können!

Die Reaktionen meines Freundes- und Bekanntenkreises auf meine Tagebuchnotizen, die ich in meinem Newsletter und auf Facebook veröffentliche, sind unterschiedlich.

Einige zeigen Anerkennung und Interesse, während andere sich fragen, warum sie sich für die privaten Ereignisse im Leben eines Ethnologen und Kulturschaffenden interessieren sollten – vor allem in einer Zeit, in der wir ohnehin von Nachrichten überflutet werden.

Die Frage, ob meine alltäglichen Beobachtungen einen tieferen Sinn haben, bleibt offen. Ich sehe meine Arbeit als eine Art ethnografische Selbsterkundung. Das Schreiben von persönlichen Geschichten, Tagebucheinträgen und Reflexionen hilft mir, mich selbst und die Kultur der Szenen und Communities, denen ich angehöre, besser zu verstehen.

Ich drücke meine Welt aus, hinterfrage sie. Manche Tage sind angefüllt mit interessanten Begegnungen und besonderen

Situationen, andere vergehen träge. Die Vielzahl der aktuellen Krisen lähmt und belastet mich. Bob Dylan drückt diese Stimmung in seinem Song ‚Things have changed' treffend aus: Unsere Welt ist von Widersprüchen durchzogen und auf den Kopf gestellt. Politische Spannungen im Westen, Kriege, soziale Ungerechtigkeit, Umweltprobleme und wirtschaftliche Unsicherheit sind nur einige der Spannungsfelder, mit denen wir als Medienkonsument*innen täglich konfrontiert werden.

Trotz dieser Herausforderungen spüre ich manchmal Hoffnung, wenn ich in anregende Gespräche verwickelt bin oder die Natur erkunde: Ein besseres und glücklicheres Leben sollte für alle Menschen auf unserem Planeten möglich sein!

Mein Tagebuch ‚Mittendrin' ist die Fortsetzung eines früheren Werkes, das ich 1996 geschrieben habe. Ein Jahr später brachte ich es mit der Lucky Artist Company als Lesung mit Bild und Ton unter dem Titel ‚Day by Day' im Theater an der Winkelwiese in Zürich auf die Bühne. Ich wünsche mir, dass ‚Mittendrin' auch als multimediale Inszenierung ein Publikum findet. Die vorliegenden Aufzeichnungen und Beobachtungen eines Ethnologen würden dadurch erst richtig lebendig und greifbar!

Mit besten Grüßen

Heinz Nigg

März 22

Der Preisträger

Ueli Mäder wird in Stuttgart mit dem Erich-Fromm-Preis ausgezeichnet. Er erhält den Preis für sein gesellschaftspolitisches Engagement. Ich kenne ihn aus meiner Arbeit. In meinem Sammelband über die Achtundsechziger gibt es ein Porträt von ihm.

Aus seiner Dankesrede sind mir folgende Punkte besonders in Erinnerung geblieben: Wir sind zufällig auf dieser Welt und können ohne andere nicht überleben. Um die sozialen Realitäten dieser Welt zu verstehen, müssen wir lernend unterwegs sein. Dabei sind wir auch auf die Kritik anderer angewiesen. Zum Thema Reichtum und Wohlstand meinte Ueli Mäder lakonisch: Reichtum konzentriert sich, kann aber auch schnell wieder verschwinden. Und er wies darauf hin, dass Menschen, die viel leisten, oft leer ausgehen.

Ich möchte Ueli Mäder ein paar Worte aus Simone de Beauvoirs Buch ‚In den besten Jahren‘ widmen: „Niemand sein – sich unbemerkt durch die Welt schlängeln – in sich und aus sich herausgehen – ohne Parolen leben – mit viel Muße, auch Einsamkeit, um für alles wach zu bleiben – für die kleinsten Nuancen des Himmels und des eigenen Herzens."

Diese Worte der Schriftstellerin zeigen, wie wichtig es ist, sich selbst treu zu bleiben und sich frei zu entfalten, ohne sich von den Erwartungen anderer beeinflussen zu lassen. „Niemand sein" bedeutet, sich von gesellschaftlichen Rollen und Normen zu lösen und sich authentisch auszudrücken. Es erfordert Mut, sich „unbemerkt durch die Welt zu schlängeln" und mit offenen Augen die Schönheiten und Feinheiten des Lebens zu entdecken, ohne sich vom täglichen Medienkonsum vereinnahmen zu lassen. Es bedeutet, eigene Überzeugungen zu entwickeln und zu vertreten.

Simone de Beauvoir weist auch auf die Bedeutung der Muße hin. Es ist wichtig, sich Zeit für sich selbst zu nehmen, um zu entspannen, nachzudenken und das Leben in vollen Zügen zu genießen. Gleichzeitig betont sie, dass Einsamkeit ein wichtiger Teil der Selbstfindung ist. Durch Momente der Stille und Einsamkeit finden wir zu unseren innersten Gedanken und Gefühlen und vertiefen so unsere Verbindung zur Welt.

Urlaub am Meer

Die Pandemie klingt ab. Die Zahl der Infektionen und Erkrankungen geht zurück. Die Kriegsstimmung in Europa ist bedrückend und belastend. Ich fahre für ein paar Tage ans Meer bei Marseille.

Im Zug von Zürich nach Basel spreche ich mit einem Finanzspezialisten. Er berät Unternehmen, die neben ihrem Kerngeschäft in andere Firmen investieren. Sie kaufen Wertpapiere und Immobilien und sichern die Risiken zusammen mit Experten ab. Einer dieser Experten ist mein Sitznachbar. Eigentlich müsste ich ihn sofort einstellen, um mich gegen die Risiken des Lebens abzusichern!

Beim Umsteigen in Mulhouse helfe ich einer Frau, ihren Koffer zu tragen. Die Weiterfahrt verzögert sich. Im kahlen Bistro des schäbigen Bahnhofsgebäudes trinken wir einen Kaffee und kommen ins Gespräch. Ihre Tochter und ihr Schwiegersohn arbeiten in der Gastronomie. Letzterer hat gerade seinen Job als Koch verloren. Die Frau macht sich Sorgen. Wird ihr Schwiegersohn bald wieder Arbeit finden? Und dann sind da noch die Flüchtlinge aus der Ukraine, die auch Arbeit suchen.

Ich hoffe, dass sich die Gewerkschaften dafür einsetzen, dass die Arbeitssuchenden nicht gegeneinander ausgespielt werden.

Auf der Weiterfahrt nach Süden erfahre ich, dass der Mann der Frau früher als Chauffeur bei der Basler Kehrichtabfuhr gearbeitet hat. Er wurde krank und musste die Stelle wechseln. Zum Glück beschäftigt ihn sein Arbeitgeber nun als Straßenkehrer zum gleichen Lohn. Jetzt ist er mit Wagen, Besen und Schaufel unterwegs und sammelt mit einem Greifer den Abfall ein. Er ist teilbehindert, hört schlecht und hat Schwindelanfälle. Er ist oft unzufrieden und aggressiv. Jetzt macht seine Frau ein paar Tage Urlaub bei einer Bekannten in Lyon. Ein Tapetenwechsel. Sie braucht Ruhe und Abstand von ihrem Mann. In Lyon helfe ich ihr aus dem TGV. Wir wünschen uns alles Gute.

Ankunft am Bahnhof Saint-Charles in Marseille: Ich steige um nach Cassis. An der Bahnsteigkontrolle steht ein Beamter mit einem bissigen Hund. Der Nahverkehrszug ist blitzsauber. Nur wenige Fahrgäste sind an diesem Nachmittag unterwegs. Zwei Jugendliche schleichen an der Fahrkartenkontrolle vorbei und setzen sich zu uns in den Zug. Der Beamte entdeckt die beiden und sie müssen aussteigen. Als er ihnen den Rücken zuwendet, steigen sie hinten wieder ein. Der Beamte bemerkt das und ruft Verstärkung. Die Jugendlichen werden vom Bahnsteig vertrieben. Schmollend trollen sie sich davon und machen die Fuck-you-Geste.

Ankunft in Cassis: Ich betrete die schöne, geräumige Ferienwohnung, die ich über Airbnb gebucht habe. Alles ist blitzblank. Nur das Internet funktioniert nicht. Der Mann der Gastgeberin, der für die Technik zuständig ist, kommt erst spät am Abend nach Hause. Ich habe keine Lust zu warten und ziehe in ein Hotel. Ich schlendere durch die Altstadt. Im Hafen liegen schmucke Segelboote. In den Bistros und Restaurants ist viel los. Der Ort gefällt mir nicht. Am nächsten Tag fahre ich wieder nach Hause. Wieder am Bahnhof Saint-Charles in Marseille. Ich habe Zeit für einen kleinen Stadtbummel. In Frankreich sind Wahlen. Gestern habe ich im Schweizer Radio einen Bericht über die Stimmung in Südfrankreich gehört. Die jungen Leute fühlen sich demoralisiert und enttäuscht von der politischen Elite, die den Kontakt zur Basis verloren hat.

Abreise nach Zürich: Mir gegenüber sitzt eine junge Frau mit einer kleinen Tochter und einem kleinen Sohn. Ich bin überrascht, wie gelassen die Mutter mit ihren Kindern umgeht. Sie kümmert sich liebevoll um das Baby und auch der Junge bekommt Aufmerksamkeit. Sie sprechen Deutsch. Wir kommen ins Gespräch. Sie sind aus Berlin und machen hier Urlaub, ihr Mann sitzt weiter hinten im Zug. Marseille gefällt ihnen gut. Sie haben eine Airbnb-Wohnung gegenüber der Oper. Jetzt fahren sie nach Aix-en-Provence, um sich auch das anzuschauen. Eine unternehmungslustige Familie.

Es ist schön, wieder zu Hause zu sein.

Fotorätsel

Eine Retrospektive von Ruedi Bechtler im Kunsthaus Lengnau – ein reichhaltiges Sehvergnügen. Zuerst nehme ich an einer literarischen Führung mit einer Vorleserin teil. Anschließend Apéro und Mittagessen im Freundeskreis von Ruedi. Ich kenne ihn seit vielen Jahren und habe seine Entwicklung als Künstler mitverfolgt. Ich besitze ein schönes großes Bild mit zwei Fotografien: oben das Innere einer mächtigen Kirche und unten ein zusammengeklapptes Velo am Straßenrand. Das Bild hat einen faszinierenden Reiz des Außergewöhnlichen. Im Katalog zur Ausstellung findet sich ein Text über Bechtlers Spiel mit Doppelfotografien: Sie werden auf den Kopf gestellt, gedreht und erzeugen optische Täuschungen. Dabei spielt vor allem der Flip-Flop-Effekt eine zentrale Rolle, bei dem eine dreidimensionale Wahrnehmung in den entgegengesetzten Raum kippt oder ein auf dem Kopf stehendes Bild als richtig wahrgenommen wird. Als Betrachter werde ich herausgefordert, neue Perspektiven einzunehmen. Ich habe von Ruedi viel über Konzeptfotografie gelernt und liebe das Spiel mit den Doppelbildern in meinen eigenen Arbeiten.

Auf dem Rückweg mache ich Halt am Bahnhof Aarburg, wo mein Freund Peter wohnt. Wir sitzen auf der Bahnhofstreppe in der Sonne und trinken Kaffee.

Im Zug nach Zürich sitzt ein junger Mann neben mir und schaut auf sein Smartphone. Wir kommen ins Gespräch:
– Ich schaue Serien.
– Ich interessiere mich für Situationskomik.
– Lesen Sie Zeitung?
– Seit drei Jahren nicht mehr, seit ich Kinder habe.
– Und Fernsehen?
– Ich nicht, aber meine Frau. Kinder und Arbeit füllen mein Leben aus.
– Und der Krieg?
– Ich lasse mich nicht erschrecken. Ich glaube nicht an eine Weltkatastrophe.

April 22

Erinnerungen an den Zweiten Weltkrieg

Mit meiner Familie und Verwandten feierte ich den 96. Geburtstag meiner Mutter. Sie lebt in ihrer eigenen Wohnung, kauft ein, kocht und kümmert sich um den Haushalt. Vor ihrem Wohnzimmer liegt ein kleiner Garten, den sie liebevoll pflegt. Im Alter von 85 Jahren hat sie ihre Lebensgeschichte aufgeschrieben, in der sie auch von der Angst vor dem Krieg erzählt und wie die elfköpfige Bauernfamilie aus Maienfeld, nahe der Grenze zu Österreich, ihre Flucht plante.

Nach dem Geburtstagsessen las ich den Gästen einige Passagen vor:

Angst: „Mein Vater musste einrücken. Das war schrecklich für mich. Ich hatte Angst, ihn zu verlieren und allein zu Hause zu sein. Die Straßenlampen wurden ausgeschaltet. Nur der Mond, wenn er da war, leuchtete uns den Heimweg. Es war eine schwere Zeit für meine Mutter, besonders mit den noch sehr kleinen Kindern. Wie hat sie das nur geschafft? Meine beiden Brüder Christian und Albin arbeiteten wie Erwachsene. Mein Vater war oben auf dem Berg Guscha an der Grenze. Wenn er an einer bestimmten Stelle war, konnte er genau sehen, wo wir arbeiteten, aber er konnte uns nicht helfen. "

Moorsoldaten: „Lange Zeit wussten wir nicht, was in Deutschland vor sich ging. Eines Tages brachte mein Vater das Buch ‚Die Moorsoldaten' mit nach Hause. Es handelte von den Schrecken in einem deutschen Konzentrationslager. Er wollte nicht, dass ich es lese, aber ich habe es trotzdem gelesen und war entsetzt, dass so etwas passieren konnte. Wir sprachen darüber. Mein Vater sagte, das Buch müsse sofort aus dem Haus, wenn es ernst werden sollte. Die

Schweiz hatte gerade General Guisan gewählt und alles wurde militärisch organisiert, die Grenze wurde besetzt. Wie verrückt wurden Festungen gebaut. Die Gegend um Maienfeld wurde komplett eingemauert, weil es ein mögliches Einfallstor gewesen wäre."

Abschied: „Hitler plante, Frankreich zu erreichen und die Maginot-Linie durch die Schweiz zu umgehen. Wir waren in höchster Alarmbereitschaft. Um fünf Uhr morgens läuteten die Kirchenglocken Sturm. Alle Männer mussten sofort zur Grenze. Mein Vater machte sich bereit. Ich sah zum ersten Mal, wie sich meine Eltern zum Abschied küssten. Wir waren auf alles gefasst. Hier in Maienfeld, so nahe an der Grenze, wäre das Chaos ausgebrochen."

Evakuierungspläne: „Das war der erste große Schrecken. Jetzt trauten wir dem Herrn Hitler und seinen Kumpanen überhaupt nicht mehr. Im nächsten Ernstfall sollte ganz Maienfeld evakuiert werden. Meine Familie sollte auf den Heinzenberg im Domleschg flüchten. Wir hatten die Adresse und wussten, bei wem wir Unterschlupf finden konnten. Für jedes Kind hatten wir einen kleinen Rucksack mit Geschirr und Besteck gepackt. Thomas, unser Jüngster, hatte seinen Teddy dabei. Jeder hatte seine Aufgabe. Meine beiden Brüder Christian und Albin sollten unser Pferd im nahen Sargans abgeben. Das Vieh musste ins Oberland getrieben werden. Ich wäre mit meinen älteren Geschwistern und meine Mutter mit den Kleinen auf der Landstraße Richtung Landquart gegangen. Wie sich später herausstellte, wäre das genau das Falsche gewesen. Meine Nana auf dem Bücheli, ihrem Haus, sagte: ‚Ich bleibe hier.' Das kann doch nicht wahr sein! Soll ich ohne meine geliebte Nana auf die Flucht gehen?"

Tag der Entscheidung: „Dann kam der berüchtigte 8. Mai 1940. Unser Briefträger ging schon Tage vorher im Dorf herum und verkündete, wer schon in die Sicherheit der Bündner Berge gezogen war. Es waren alles ‚bessere‘ Frauen mit ihren Familien. Wir bereiteten alles vor, holten die alten Truhen hervor und verstauten unsere Kostbarkeiten darin. Aber wohin mit den Truhen? Wir stellten sie in eine Ecke des Zimmers und deckten sie zu. Mama schickte unserem Vater ein Päckchen mit einem Paar Schuhe. Ich weiß noch, wie Mama seinen Ehering an die Schnürsenkel band. Sie wusste nicht, ob sie ihren Mann je wiedersehen würde. Ich musste noch in die Stadt und sah, wie meine Klassenkameradin Fida ihren Leiterwagen am Brunnen putzte. Ich fragte sie, warum. Sie antwortete, dass sie am nächsten Tag mit einem sauberen Wagen die Landstraße hinauf nach Landquart fahren würde.“

Die Rolle der Schweiz: „Ich schlief bei Mama im Bett meines Vaters, damit wir nachts sofort aufstehen konnten, wenn die Sirene ertönte. Die Kleinen wecken, anziehen und los. Als ich an einem schönen Frühlingstag aufwachte, schauten Mama und ich uns ungläubig an: Wir sind noch hier! Was war passiert? Dank Verhandlungen und Zugeständnissen an den Feind wurde die Schweiz in dieser Nacht nicht überfallen. Der Gotthard war ein starkes Bollwerk. Die Deutschen wären nicht durchgekommen. Nicht auszudenken, was im Mittelland passiert wäre. Die Nazis hielten die Schweiz für wertvoll: Hier konnten sie ihre Beute verstecken, hier wurden Vermögen deponiert, hier wurde das Gold aus dem Zahngold der Nazi-Opfer eingeschmolzen. In der Schweiz wurde Munition hergestellt und in den Norden exportiert. Da fällt mir ein Zitat von Bismarck ein: ‚Wenn wir die Schweiz nicht hätten, müssten wir eine erfinden.‘ Es wurde auch gemunkelt, dass im unteren Rheintal Menschen in Güterzügen transportiert wurden, ob es sich um Truppen oder Gefangene handelte, blieb ein Geheimnis."

Heute verfolgt meine Mutter die Nachrichten in der Tageszeitung, im Radio und im Fernsehen. Sie nimmt den Krieg in der Ukraine wahr und ist sich auch der Bedrohung für ganz Europa bewusst. Sie ist eine mutige Frau. Sie hat die Einsamkeit während der Pandemie gut überstanden. Ich besuche sie einmal in der Woche, kümmere mich um ihre Finanzen und zusammen mit meinen Geschwistern sorgen wir dafür, dass die alte Dame trotz ihres nachlassenden Gedächtnisses sicher durch den Alltag kommt. Wir machen immer noch Ausflüge mit dem Zug in die Bündner Herrschaft. Neulich hat sie ihr jüngster Bruder mit seiner Frau zum Mittagessen nach Landquart eingeladen. Unterwegs im Zug merke ich, wie langsam meine Mutter geworden ist. Das Gehen fällt ihr schwer. Ich frage: „Hast du Schmerzen?" Sie antwortet: „Nein, ich bin nur müde in den Beinen." Wir genießen den Blick auf den wunderschönen Walensee. Als wir uns Maienfeld nähern, kommt meine Mutter ins Schwärmen: „Wie schön liegt mein Maienfeld dort – sanft am Hang und mit steil aufragenden Bergen!"

Selbsttherapie

Ich schaue mir gerade auf ARTE die französische Dramaserie ‚In Therapie' an, die den Wochenablauf in der Praxis eines Psychoanalytikers zeigt. Verschiedene Klienten kommen zu ihm, darunter eine Anwältin, ein Junge mit seinen Eltern, eine Architekturstudentin und ein Unternehmer. Immer wieder kreisen ihre Fragen um dieselben Themen: Wer bin ich? Was will ich? Was fehlt mir im Umgang mit meinen Lieben und in der Partnerschaft? Diese Fragen beschäftigen mich als älteren Single besonders. Sie betreffen meine Fähigkeit, mit Menschen umzugehen. Aus den Ratschlägen des TV-Therapeuten nehme ich folgende Überlegungen mit:

1. Nachdenken über das, was kommt: Es ist wichtig, über meine eigenen Herausforderungen und Ziele nachzudenken. Aber mich dabei nicht zu verlieren.

2. Praktisch handeln: Manchmal reicht es nicht, nur über Probleme nachzudenken. Es ist wichtig, praktische Schritte zu unternehmen, um positive Veränderungen herbeizuführen. Natürlich, aber welche Schritte ...

3. Fünfe gerade sein lassen: Es ist auch wichtig, sich von Zeit zu Zeit zu entspannen und sich nicht zu sehr mit Kleinigkeiten zu beschäftigen. Und doch steckt der Teufel manchmal genau in diesen Details ...

4. Zuneigung schenken: Indem ich Wertschätzung zeige und Zuneigung schenke, kann ich die Bindung zu meinen Lieben stärken. Schenken, aber nicht verschwenden ...

5. Spontanen, herzlichen Menschen begegnen: Das führt zu neuen Begegnungen und bereichernden Erfahrungen. Mich nicht zu sehr mit Schwerenötern abgeben ...

6. Tief ein- und ausatmen: Beruhigt, baut Stress ab. Okay ...

7. Sich nicht mit fremden Dingen beschäftigen: Oder wie es auf Englisch heißt: Get your own shit together ...

8. Offen sein für Neues: Und dabei Bewährtes nicht einfach über Bord werfen ...

9. Schwächen einkalkulieren und akzeptieren: Nobody is perfect ...

10. An Ecken und Kanten feilen: An meinen persönlichen Schwächen arbeiten und mich weiterentwickeln. Und dabei nicht verkrampfen ...

11. Meinem Lebensstil treu bleiben: Nach meinen Überzeugungen und Werten leben. Dabei kann mir die Meinung anderer nicht egal sein ...

12. Sich organisieren erleichtert den Alltag: Geeignete Methoden finden, um Aufgaben zu strukturieren und zu planen. Auch Spontaneität bringt Leben in den Alltag ...

13. Zeit und Raum für Rückzug: Entspannen und die Batterien wieder aufladen. Nicht hängen bleiben ...

14. Gefühle zeigen: Über Gefühle sprechen. Aber nur, wenn mir jemand zuhört ...

New York

Mein Sohn lebt seit zehn Jahren in dieser Stadt. Mein letzter Besuch war vor Covid. Freudiges Wiedersehen in Brooklyn, wo er lebt und arbeitet. Er nimmt mich im Auto mit ins Hudson Valley, wo wir einige Tage bei strahlendem Frühlingswetter verbringen. Er überrascht mich mit Kunst in der Natur, Museumsbesuchen, einer Bergwanderung, einem langen Spaziergang am Hudson und gutem Essen.

Das letzte Mal war ich vor fünf Jahren in New York. Ich wurde von der dortigen Videoszene eingeladen, las aus meinem neuen Buch ‚Rebel Video' und zeigte Videos. Heute treffe ich Skip Blumberg, der damals im Publikum saß und zu den Pionieren der Videokunst in New York gehört, in der Gruppe ‚Videofreex'. Er lebt in Lower Manhattan und ist immer noch mit der Kamera unterwegs. Während der Pandemie dokumentierte er die Straßenproteste von Black Lives Matter gegen den alltäglichen Rassismus. In einem anderen Video geht es um die Eroberung eines Parks für die Öffentlichkeit. Skip geht behutsam und respektvoll mit den Menschen vor der Kamera um. Er montiert und kommentiert seine Videoaufnahmen auf eigenwillige Weise. Er wird auch weiterhin die Straßenkultur von Manhattan dokumentieren. Schließlich lebt er mittendrin.

Am nächsten Tag spaziere ich wieder über die Brooklyn Bridge nach Lower Manhattan, diesmal zur City Hall. Ich setze mich auf eine Bank in dem kleinen Park, der zum Rathaus gehört.

Plötzlich taucht die Presse auf. Vor meiner Nase werden Kameras aufgebaut. Davor steht eine Gruppe von Offiziellen, die sich um ein Mikrofon versammelt haben. Ich befinde mich am Rande einer Pressekonferenz von Eric Adams, dem Bürgermeister von New York. Niemand weist mich ab oder will meinen Ausweis sehen. In einer Rede erinnert der Bürgermeister an all die Menschen, die während Covid ihr Bestes gegeben haben: Verkäuferinnen und Verkäufer in Lebensmittelläden, Krankenhauspersonal, Feuerwehrleute und andere. Er dankt ihnen dafür, dass sie unter Einsatz ihres Lebens die Grundversorgung der Stadt sichergestellt haben. Viele seien Opfer der Pandemie geworden und gestorben. Vertreterinnen und Vertreter verschiedener Berufsgruppen treten ans Mikrofon und bedanken sich ebenfalls. Auf dem Bürgersteig am Broadway wird eine Gedenktafel in den Asphalt eingelassen.

Die Stadtforscherin Jane Jacobs über die Straßen- und Stadtkultur in New York: „Unter der scheinbaren Unordnung dieser alten Stadt verbirgt sich eine wunderbare Ordnung, die die Sicherheit der Straßen und die Freiheit der Stadt auf-

rechterhält. Ihre Essenz: eine komplexe Nutzung des Bürger-
steigs, die eine ständige Abfolge von Blicken mit sich bringt.
Diese Ordnung besteht ausschließlich aus Bewegung und
Veränderung." (The Death and Life of Great American Cities,
1961)

Mai 22

Gegen die Logik des Krieges

Zurück in Zürich. Der Grünen-Politiker Trittin und ein Militärhistoriker debattieren im deutschen Fernsehen über die Situation in der Ukraine: Europa solle die Ukraine mit Waffen unterstützen und sich nicht hinter den USA verstecken. Doch wie wollen wir mit der zunehmenden nuklearen Bedrohung umgehen? Sie einfach hinnehmen wie eine unberechenbare Naturgewalt? Ich fühle mich hilflos. Die Ukraine steht vor einer schwierigen Situation, in der sie ihre territoriale Integrität verteidigen will. Es ist jedoch auch wichtig, dass Bemühungen auf allen Ebenen unternommen werden, um eine diplomatische Lösung zu finden und eine Eskalation zu verhindern. Mein Wunsch nach Abrüstung aller Atomwaffen ist ein Ziel, das von vielen Menschen weltweit geteilt wird. Und es ist wichtig, dass Staaten ihre Ressourcen für eine sichere und gerechte Welt einsetzen. In meinem Land hat sich die Gruppe Schweiz ohne Armee (GSoA) bereits vor vielen Jahren für die Entmilitarisierung eingesetzt. Dieses Ziel scheint im Moment weit entfernt zu sein. Die meisten Staaten in Europa rüsten auf. Woher sollen wir die Mittel nehmen, um die anderen dringenden Probleme auf unserem Planeten anzugehen? Es ist wichtig, dass die Zivilgesellschaft sich weiterhin für den Frieden einsetzt, politische Entscheidungsträger zur Rechenschaft zieht und alternative Ansätze zur Konfliktlösung fördert. Durch Dialog, Zusammenarbeit und die Stärkung der diplomatischen Kanäle können wir hoffentlich Wege finden, um Konflikte zu vermeiden und den Frieden zu fördern.

Ich kenne Hannes Lindenmeyer seit dem Kampf gegen die Stadtautobahn ‚Westtangente' im Zürich der Siebzigerjahre und der Besetzung eines Häuserblocks an der Hellmutstrasse im Kreis 4. Heute trägt er inoffiziell den Ehrentitel „Bürgermeister von Außersihl" – ein wohlverdienter Titel für sein Engagement im ehemaligen Arbeiterquartier.

Im Schweizerischen Sozialarchiv stellt Lindenmeyer sein neues Buch über Außersihl vor. Wir tauchen ein in die Geschichte des Quartiers, das seit jeher von Zuwanderung geprägt ist. Während der beiden Weltkriege lebten hier auch Flüchtlinge, die auf billigen Wohnraum angewiesen waren. Hannes liest aus dem Kapitel ‚Krieg und Frieden' und geht noch weiter zurück. Die arme Gemeinde Außersihl war Schauplatz der letzten internationalen Kämpfe in der Schweiz. Im Jahre 1799 wurde die Gegend durch die ‚Zweite Schlacht bei Zürich' mit Blut getränkt. Ein halbes Jahrhundert später wurde ausgerechnet in diesem klassenkämpferischen und militärkritischen Proletarierquartier eine der größten Kasernenanlagen des Landes errichtet. Hier fand und findet die Friedensbewegung einen fruchtbaren Boden für ihr Wirken.

Vor vierzig Jahren verließen die letzten Soldaten die Kaserne. Im Arsenalhof, direkt vor der ehemaligen Waffenkammer, haben Frauen ein Gartenlabyrinth angelegt. „Wir sehen uns nicht als Spielball der Verhältnisse, sondern als Akteurinnen, die gemeinsam mit anderen die Welt gestalten", schreiben sie.

Das Solinetz ist ein Verein, der sich für die Würde und die Rechte von Menschen einsetzt, die in die Schweiz geflüchtet sind. Ihre Lebensbedingungen sollen verbessert werden. Viele Freiwillige machen mit. Auf ihrer Website schaue ich mir einen Kurzfilm von Heidi Schmid und Christian Labhard an: ‚Wir haben einen Traum'. Flüchtlinge kommen zu Wort. Sie bereiten eine Demonstration in Zürich vor. Groß sind ihr Wille und Wunsch, hier in der Gesellschaft anzukommen, sich weiterzubilden, Arbeit zu finden. Die Flüchtlinge wenden sich auch an die Politik: Wir wollen wahrgenommen werden, wir haben Potenzial, unterstützt uns!

Auch die Zeitblende des Schweizer Radios berichtet über Flucht und Entrechtung. 1934 wird der Hamburger Kaufhauskönig Max Emden, der seit einiger Zeit auf den Brissago-Inseln in der Schweiz lebt, eingebürgert. Sein Sohn Hans Erich hingegen erhält keinen Schweizer Pass. Als die Nationalsozialisten in Deutschland an die Macht kommen, enteignen sie den noch in Deutschland befindlichen Familienbesitz der Emdens und Hans Erich wird ausgebürgert. Die finanzielle Situation der Familie verschlechtert sich zunehmend. Als Max Emden 1940 im Sterben liegt, darf sein Sohn für zwei Wochen in die Schweiz reisen. Anschließend flieht er nach Südamerika. Maeva Emden, die Urenkelin des Millionärs von den Brissago-Inseln, sagt: „Mein Großvater Hans Erich war in großer Not, und es wäre sehr hilfreich gewesen, wenn die Schweiz ihm die Hand gereicht hätte." Später verkaufte die Familie die Inseln. Heute kritisiert Maeva Emden, dass der Kanton Tessin, die Gemeinde Brissago und der Heimat- und Naturschutz den Preis damals gedrückt hätten, um die Inseln günstig zu erwerben. Heute sind die Brissago-Inseln für die

Öffentlichkeit zugänglich. Maeva Emden erklärt: „Es geht um die Erinnerung." Auf der Insel soll ein Raum eingerichtet werden, in dem die Geschichte der Insel dokumentiert wird.

Bewegung tut gut

Eine aktive Musikerin der alternativen Szene lädt zu einem kleinen Musikfestival in die Rote Fabrik ein. An zwei Konzertabenden treten 14 Bands auf, die mit der Geschichte der Roten Fabrik verbunden sind, darunter The Bucks, City Vibes, Baby Jail, Female Trouble und andere. Rams, der unermüdliche Frontmann von The Bucks, spielt die alten Songs voller Energie und versetzt uns in einen revolutionären Groove.

Aber was ist mit der Fabrik los, wie sie in der Szene liebevoll genannt wird? Ich nehme das Buch ‚Bewegung tut gut' zur Hand, das zum 40-jährigen Jubiläum der Fabrik erschienen ist. In diesem wunderschön gestalteten Band mit explosiven Bildern setzen sich verschiedene Autorinnen und Autoren kritisch mit dem heutigen Kulturbetrieb auseinander: Wird die Übergabe an die jüngere Generation funktionieren? Manchmal wollen die Jungen die Alten einfach verdrängen. Aber die Alten wehren sich: Es braucht auch Ausdauer und Pragmatismus, um das größte Off-Kulturzentrum Europas erfolgreich zu führen.

Wird die Rote Fabrik mit ihren sogenannten Konzeptveranstaltungen auch in Zukunft ein Ort für gesellschaftlich relevante Debatten sein? Im Kapitel ‚Die Bedrohung durch die Stadt' zeigt der Stadtplaner und Musiker Philipp Klaus, wie an diesem widerständigen Ort am schönen Zürichsee fantasievolle Interventionen im urbanen Raum geplant und umgesetzt wurden: Demonstrationen gegen Stadtzerstörung, unterhaltsame Stadtsafaris zur Erkundung neuer Trends in der Stadtentwicklung Zürichs, die Entwicklung von Visionen für eine lebendige Stadt.

Workshop mit Kids

Ich habe eine Anfrage von einem Lehrerteam aus dem Arbeiterviertel Zürich-Schwamendingen erhalten. Sie planen eine Projektwoche über die Jugendunruhen von 1980 in Zürich und möchten unter meiner Leitung einen Workshop in der Roten Fabrik durchführen. Vierzig Schülerinnen und Schüler der fünften und sechsten Klasse werden daran teilnehmen. Ich nehme die Einladung gerne an. Die Kinder sind in einem idealen Alter, um mehr über ihre Stadt zu erfahren, auch über den eigenen Stadtteil hinaus.

Ich treffe mich mit den Kindern und erzähle ihnen von den Anfängen der Roten Fabrik und der Jugendbewegung. Dann machen wir einen Rundgang über das Gelände. Die Kinder staunen, was es in der Roten Fabrik alles zu entdecken gibt: die Beiz ,Ziegel au Lac', Räume für freies Theater, einen Quartiertreffpunkt, einen Spielbus, einen Clubraum für Konzerte, Lesungen und Filmvorführungen, die Shedhalle für Kunst und natürlich die Aktionshalle für große Konzerte und Diskussionsveranstaltungen. Das Tor zur Aktionshalle steht sperrangelweit offen. Wir schleichen uns hinein. Vor der großen Bühne erzähle ich den Kindern: Hier begann 1980 der Kampf der Jugend für Freiräume in Zürich. Es berührt mich, hier als Zeitzeuge aufzutreten.

Wir versammeln uns im Sitzungszimmer der Fabrik um einen Tisch mit Blick auf eine Filmleinwand mit Bildern der Jugendunruhen. Nach jedem Video halte ich kurz inne und beantworte Fragen. Eine Lehrerin weist die Kinder auf die

Unterschiede in Kleidung und Frisur hin. Ich erkläre meinem jungen Publikum, warum es zu Gewalt kam und wie die Behörden und die Bewegung damit umgingen. Braucht es Gewalt, um Freiräume zu erkämpfen? Geht es auch ohne Gewalt? Jede Generation muss für sich herausfinden, wie sie am besten in dieser Stadt leben kann. Dann verabschiede ich mich. Die Kinder begeben sich auf eine Fotosafari über das Gelände der Roten Fabrik und machen sich ihr eigenes Bild von dem, was heute hier passiert.

Juni 22

Steinsetzungen

Am Donnerstag, 21. Juni 2022, erinnern wir mit kleinen Gedenktafeln im Boden an das Schicksal der Menschen, die während der Zeit des Nationalsozialismus verfolgt, ermordet, deportiert, vertrieben oder in den Suizid getrieben wurden. An der Gedenkfeier nehmen Angehörige der Opfer sowie Mitglieder, Freunde und Förderer des Vereins ‚Stolpersteine Schweiz' teil. Auch Vertreter der Behörden sind anwesend. Zwei Schulklassen machen eine Lesung und singen ein Lied. Sie hatten den Holocaust im Unterricht behandelt. Der Historiker Jakob Tanner liest aus den Biografien der Opfer.

Margot Sara Correns wurde 1898 geboren. Sie wuchs in Zürich an der Stockerstrasse 25 auf, heiratete und zog mit ihrem Mann nach Deutschland. 1944 wurde sie verhaftet, weil sie mehrere Dokumente nicht mit ihrem Namen ‚Sara' unterschrieben hatte. Sie starb im Gefängnis.

Luise ‚Lulu' Salomons-Rom wurde 1907 geboren und wohnte an der St. Jakobstrasse 53. 1929 heiratete Luise einen jüdischen Verwandten und verlor dadurch ihre Schweizer Staatsbürgerschaft. Sie zog mit ihrem Mann nach Amsterdam und bekam vier Kinder. 1943 wurde die Familie in Bergen-Belsen interniert und später in ein Lager bei Biberach gebracht. Nach Kriegsende wurden sie befreit.

Mina Epstein und Fanny Koplewits-Epstein. Mina wurde 1912 in Zürich geboren, wo sie auch aufwuchs. Sie zog 1939 zu ihrem Mann nach Antwerpen. 1938 wurde Fanny geboren. 1942 floh Mina Epstein mit ihrer Tochter an die Schweizer Grenze. Dort wurde sie am Grenzübergang zurückgewiesen, da sie keinen Schweizer Pass hatte. Beide starben in Auschwitz. Der Vater überlebte.

Giovanni ‚Gino' Pezzani wurde 1911 geboren. Er wuchs in Biogno-Beride im Kanton Tessin auf. Im Alter von 22 Jahren emigrierte er nach Südfrankreich. Im Jahr 1943 wurde er von der Gestapo aus ungeklärten, wahrscheinlich politischen Gründen verhaftet. Er kam in ein Lager bei Saarbrücken und über mehrere Zwischenstationen ins KZ Sachsenhausen, wo er Zwangsarbeit leisten musste. Er überlebte den Krieg und wohnte in Zürich an verschiedenen Adressen, unter anderem an der Jungstrasse 9, wo heute ein Gedenkstein für ihn gesetzt wurde.

Ein Komplex, der alle beschäftigt

Die Migrationsforschung in der Schweiz hat eine lange Geschichte, die im Buch ‚Der Migration-Integration-Komplex' von Kijan Espahangizi nachzulesen ist. Sie begann mit einer historischen Studie von Professor Braun über die Einwanderung italienischer Arbeitskräfte, die damals als Saisonniers, Gastarbeiter oder Fremdarbeiter bezeichnet wurden. Die Professoren Heintz und Novotny suchten nach soziologischen Erklärungen für die Migration von Menschen und untersuchten die Auswirkungen der Migration auf die Gesellschaft. Eine ihrer Schlussfolgerungen war, dass die weltweite Migration zu einer sozialen Unterschichtung in den wohlhabenden westlichen Ländern führt.

Die Kirchen, die 68er-Bewegung und später auch die Gewerkschaften setzten sich für den Dialog mit Migrantenorganisationen ein. Daraus entstand 1974 die ‚Mitenand-Initiative für eine neue Ausländerpolitik'. Sie verlangte Rechte für alle. Die Initiative wurde jedoch 1982 vom Volk abgelehnt und das

Schicksal der Gastarbeiter aus dem Süden trat in den Hintergrund. Stattdessen gewann die Asylbewegung an Bedeutung. Sie richtete sich gegen die Verschärfung des Asylgesetzes und die Hetze gegen „Asylanten".

In den Siebzigerjahren wurden Begriffe wie Kultur, Identität und interkultureller Austausch in den Migrationsdiskurs eingeführt. Plötzlich traten die Zürcher Ethnologinnen und Ethnologen auf den Plan. Unter der Leitung von Professor Löffler begannen sie, die eigene Gesellschaft und „Minderheiten" wie Jugendliche, Secondas und Secondos, Asylsuchende und Frauen zu erforschen. Qualitative Forschungsmethoden wurden erprobt, mit den Menschen gesprochen und gemeinsam geforscht, nicht über ihre Köpfe hinweg.

Heute stehen transnationale Fluchtbewegungen im Mittelpunkt. Warum baut Europa eine Festung gegen Migration und die Schweiz macht mit? Was bedeutet es für unsere Gesellschaft, wenn über dreißig Prozent der Bevölkerung nicht stimm- und wahlberechtigt sind? Weshalb gelingt es der Schweiz trotz aufwendig entwickelter Integrationsleitbilder nicht, Migrantinnen und Migranten willkommen zu heißen und ihnen gleiche Rechte zu gewähren?

Kijan Espahangizi untersucht auch seinen eigenen Werdegang und die Geschichte seiner Familie aus dem Iran und Deutschland. Er kommt zu dem Schluss, dass die Auseinandersetzung mit Migration, Integration und Mobilität nur gelingen kann, wenn wir uns selbst reflektieren und unseren Umgang mit dem Fremden hinterfragen. Begriffe wie Migration, Identität, Integration, Inklusion und Exklusion, Mobilität, das Fremde und das Andere müssen immer wieder neu betrachtet werden. Für Fachleute sind diese Begriffe mit sozialwissenschaftlichen Theorien verbunden, für andere mit

Familienerinnerungen und Urlaubserlebnissen. Wieder andere verbinden mit Migration Ängste vor Menschenströmen auf einem überbevölkerten Planeten. Ob in dreißig Jahren immer noch über Migration und Integration diskutiert wird, lässt der Autor offen. Fest steht für ihn: Die Auseinandersetzung mit der Geschichte dieses Komplexes, die unseren Vorstellungshorizont und unsere Handlungsoptionen prägt, ermöglicht ein besseres Verständnis der gegenwärtigen Realität.

Juli 22

Mittelmeer

Das ‚Migrant Solidarity Network' verbreitet folgende Meldung: Am 24. Juni 2022 versuchten etwa 2000 Menschen gemeinsam, die Grenze zur spanischen Exklave Melilla zu überqueren. Von ihnen schafften es 133, mindestens 37 Menschen starben. Sowohl die marokkanische als auch die spanische Polizei reagierten auf beiden Seiten der Grenze mit Gewalt.

Im Internet kursieren Videos, die mich schockieren. Flüchtlinge, die am sieben Meter hohen Zaun hängen, werden von marokkanischen Gendarmen mit Steinen beworfen. Die spanische Guardia Civil schießt mit Tränengas in die ohnehin schon dicht gedrängte und in Panik geratene Menschenmenge.

Wir schotten uns gegen Afrika ab, von dem wir die Rohstoffe für unsere Smartphones beziehen.

August 2022

Eine Einladung zum Lesen

Liebe Freundinnen und Freunde, ich freue mich, dass das Interesse an Lebensphilosophie wächst. Im Fernsehen gibt es bereits Sendungen wie Barbara Bleischs Versuch, eine Brücke zwischen akademischer Philosophie und Alltagsphilosophie zu schlagen. Auch die Stoa erlebt eine neue Blüte und der Glücksexperte Rolf Dobelli zeigt uns, wie wir uns gegen Krisen wappnen können.

Doch gerade für Menschen ohne philosophischen Hintergrund fehlt es oft an praktischen Zugängen zur Alltagsphilosophie. Wie können wir uns wie die Griechinnen und Römer in Alltagsphilosophie üben?

Eine Möglichkeit ist die Lektüre von Epiktets ‚Handbüchlein der Moral'. Es bietet eine wertvolle Anleitung für philosophische Laien, um ihr Denken im Alltag zu schärfen. Deshalb möchte ich nach der Sommerpause zu einem ersten Treffen einladen, bei dem wir uns über dieses Werk austauschen können.

Ich freue mich auf anregende Gespräche und darauf, gemeinsam die praktische Anwendung der Philosophie im Alltag zu entdecken.

Mit herzlichen Grüßen, Heinz

Selbsterkundung

Was bewegt mich gerade? Was haben mir die Ferien gebracht? Ich war viel im Krankenhaus, in der Reha-Klinik und im Pflegeheim. Meine Mutter hatte sich das Bein gebrochen und wegen ihres hohen Alters brauchte sie lange, um wieder gesund zu werden. Jetzt ist sie wieder zu Hause und kommt schon ohne die Hilfe der Spitex aus. Sie bewegt sich mit ihrem Rollator durch die Wohnung, wäscht und bügelt. Meine Schwester erledigt die Einkäufe.

Ich war also viel unterwegs und musste auch warten. Die Zeit habe ich mit Lesen überbrückt. Zum dritten Mal las ich die ‚Dubliner' von James Joyce, eine Sammlung von 15 Kurzgeschichten. Dazu kamen Erzählungen von Anton Tschechow und ein fesselnder Essay von Kropotkin über Idealismus und Wirklichkeit in der russischen Literatur des 19. Jh. Die Geschichte Russlands und der russischen Literatur hilft mir, den Krieg in der Ukraine historisch besser einzuordnen. Der heutige Krieg erinnert an den Krimkrieg im 19. Jh. Auch dieser war Ausdruck imperialer Machtansprüche einer herrschenden Klasse. Damals waren es die Zaren, heute sind es die Putins. Leo Tolstoi hat am Krimkrieg teilgenommen und auch getötet. In ‚Krieg und Frieden' gibt es Beschreibungen von Schlachtszenen mit grauenhaftem Gemetzel. Solche Szenen kann nur jemand schreiben, der den Krieg selbst erlebt hat.

Blau

Ein Berg mit sanften Konturen
Oben Blau
Weingärten schmiegen sich
an den steil aufsteigenden Hang
wie schnurrende Katzen
zu Füßen einer schönen Frau
Die Trauben wollen bald gelesen sein
Auf meinem E-Bike schwebe ich
über eine geteerte Straße

für Landmaschinen
Es ziehen vorbei:
Hühnerhof, Reitstall und ein alter Wagen
mit knalliger Tourismuswerbung
für einen Bündner Ferienort
Unter dem Himmel mit weißen Kumuluswolken
wandern meine Gedanken zurück:
Urlaub mit meinem Sohn und seiner Mutter
Ich fahre durch eine Allee
entlang des grauen Flusses
Ich finde die Stelle
wo ein Pfad runter zum Wasser führt
Der Fluss spart einen Tümpel aus
umgeben von Ufergebüsch
Hier haben wir früher gebadet
Ich stehe bis zu den Knien im Wasser
Erfrische mich an diesem heißen Spätsommertag
Mit Freude und Wehmut
erinnere ich mich an die Zeit
als wir eine Familie waren

Ausblick

Nach der Sommerpause werde ich wieder mehr ausgehen, da
die Pandemie hoffentlich ihren Höhepunkt überschritten hat.
Ich sehne mich danach, Menschen zu treffen und an Veranstaltungen teilzunehmen. Am kommenden Freitag besuche
ich mit einer Freundin und einem Freund eine Vernissage in
St. Gallen. Diese Ausstellung ist dem Werk eines großen
japanisch-amerikanischen Künstlers gewidmet.

Ich spaziere mit einer Freundin durch den Kreis 5 in Zürich. Wir besuchen ein Neubaugebiet mit Wohnblöcken und Hochhäusern. Wir gehen an den Bahngleisen entlang bis zu einer Ausfallstraße. Es ist noch hell, aber die Gegend ist schon menschenleer. Die großen Gebäude wirken wie aus der Zeit gefallen. Der neue Stadtpark macht einen sterilen Eindruck. Am Ende des Parks gehen wir auf ein Holzgebäude zu. Es ist die neue Schule: ein Schmuckstück!

Die Fassaden sind schön gestaltet, es gibt interessante Begegnungs- und Spielräume. Hier wäre ich gerne Schüler. Auf dem Platz vor dem Gebäude spielt eine Gruppe junger Menschen Ball. Wir kommen ins Gespräch. Alle haben studiert. Zwei arbeiten in der Stadtplanung, einer ist Filmemacher, ein weiterer ist freier Künstler. Eine Frau arbeitet an einem Bauprojekt und beschäftigt sich mit Fragen des Urbanismus. Wir diskutieren. Hier einige Stichworte:

- Warum sind hier so wenig Leute?
- Weil hier alles neu ist.
- Es wird eine ganze Generation dauern, bis das Viertel lebendig und urban wird, wenn überhaupt.
- Müssen wir so lange warten?
- Die Schule könnte der Ausgangspunkt für die Umgestaltung des Parks sein.
- Den unwirtlichen Park einfach verschwinden lassen?
- Vor dem neuen Park waren hier Schrebergärten.
- Warum nicht wieder Gärtnerinnen und Gärtner ansiedeln?
- Ein neues Betätigungsfeld für Menschen aus der Nachbarschaft schaffen.

Wir gehen weiter und kommen am Bundesasylzentrum vorbei. Es liegt direkt an einer Ausfallstraße von Zürich. Auf einer Brücke über der Straße stehen wir am Geländer und blicken hinunter auf eine Menschenkolonne vor dem Eingang der Notunterkunft. Junge Männer und einige Frauen stehen dort und warten. Sie halten ihre Ausweise bereit. Sie warten darauf, dass jeder Einzelne aufgefordert wird, die Unterkunft zu betreten und sich auszuweisen. Wir sprechen sie an. Sie sprechen kein Englisch. Auch für sie geht der Sommer zu Ende.

Die Inderin

Ein Abstecher in die Berge. In der Bündner Herrschaft suche ich ein Restaurant für das Abendessen. Der ‚Löwen' in Maienfeld ist voll und das neue Schlossrestaurant zu teuer. Ich kehre in einem Bistro in der Nähe des Bahnhofs ein. Es besticht durch seine besondere Lage auf dem großen Vorplatz eines alten Wirtschaftsgebäudes, das der Stadt Maienfeld gehört. Es beherbergt heute eine Weinstube und wirbt für die Weine aus den vier bekannten Dörfern dieser Schweizer Weinregion.

Auf einer Schiefertafel steht ein einfaches Pasta-Gericht. Ja, ich habe gerade Lust auf Ravioli. Der Wirt kommt auf mich zu, lässt mich an seinem Stammtisch Platz nehmen, denn alle anderen Tische sind schon besetzt. Es sind vor allem Paare da, kaum Einzelpersonen. Der Chef, ein Mann um die achtzig, ist auch Koch. Er weiht mich in seinen Betrieb ein: Neunzig Prozent der Kundschaft sind Stammgäste. Sie trinken vor allem Wein der billigeren Sorten. Es sind keine Maienfelder. Sie kommen aus den umliegenden Ortschaften Bad Ragaz, Landquart und Sargans. Auch eine Frau aus dem Glarnerland ist dabei. Man kennt sich. Kleidung und Habitus sind bürgerlich. Nur ein tätowierter Typ in Lederkluft fällt auf, begleitet von einer asiatisch aussehenden Frau. Die Gäste wirken wie aus einer anderen Zeit.

Ein Mittfünfziger macht sich mit seiner Freundin, die nicht da ist, wichtig. Seit zwei Jahren sind sie ein Paar, seit sieben Jahren kennen sie sich. Aus welchem Dorf oder welcher Region Indiens sie stammt, hat sie bis heute nicht verraten. Triumphierend lacht er in die Runde: „Ich heirate sie, wenn sie sich einen bunten Punkt auf die Stirn malen lässt!" Die Runde scheint leicht brüskiert. „Das kannst du nicht machen", raunt ihm ein Freund zu, und alle nicken. „Das muss man nicht wörtlich nehmen", verteidigt sich der Angegriffene. „Ich sage ja nur, dass es mit diesen Importierten nicht immer einfach ist."

Ein anderer Gast schwärmt von seiner Reise nach Vietnam: „Zehn Tage Luxus pur!" Ein Sunnyboy von dreißig oder vierzig Jahren gesellt sich zur Runde. Er begrüßt die Kellnerin mit „Bella" und unterhält die Runde mit Witzen. Er redet locker und gibt seine Meinung zum großen Schwingfest in Pratteln ab, das an diesem Sonntagabend gerade zu Ende gegangen ist: „Der neue Schwingerkönig ist ein Außenseiter. Die Innerschweiz hat seit Jahren auf diesen Sieg gewartet und ihn mehr als verdient."

Ich bezahle, nachdem ich lange auf meine Ravioli gewartet und sie mit mäßigem Appetit gegessen habe. Der Wirt sitzt auf einem runden Steinpfosten auf dem Platz vor dem Bistro und sagt: „Dieser Meilenstein stammt noch aus der Zeit der Römer, die hier in Maienfeld einen Posten hatten." „Schön", sage ich zu ihm und ziehe einen Schlüsselbund aus meiner Hosentasche. Er gehört zu der Ferienwohnung, die ich für drei Tage in der Nachbargemeinde gemietet habe. Daran hängt ein Anhänger mit dem Kolosseum von Rom. Ich zeige es dem Wirt: „Gut, hier ist es noch so schön wie vor zweitausend Jahren. Der römische Kaiser lässt grüßen!"

Zu Fuß mache ich mich auf den einstündigen Heimweg. Die Abendsonne verabschiedet sich über dem Sarganserland und verschwindet hinter einem Kranz von Bergen.

September 22

Dem Klima auf der Spur

Es ist erfreulich zu sehen, dass die Klimabewegung in der Schweiz aktiv ist und verschiedene Initiativen vorantreibt, um den Weg in Richtung Netto-Null zu beschreiten. Das Buch und der Film ‚Dem Klima auf der Spur' geben einen Einblick in die aktuellen Entwicklungen und Herausforderungen.

In Chur wird das Verkehrsproblem deutlich: Täglich verstopfen zahlreiche Autos die Straßen. Die geplante Umfahrungsbrücke könnte dazu beitragen, die Stadt vom Verkehr zu entlasten. Mit dem Spruch „Wer Straßen sät, erntet Verkehr!" wird aber auch kritisiert, dass der Bau von Infrastruktur für den motorisierten Verkehr zu noch mehr Verkehr führen kann.

In Landquart wird die Situation am Bahnhof untersucht, wo Fußgänger*innen auf komplexe Weise mit Straßen, Brücken und Mauern interagieren. Dieses Zusammenspiel wird als Ballett des mobilen Menschen beschrieben. Es wird deutlich, dass Verkehr und Mobilität im urbanen Raum besser gestaltet werden müssen.

In Bern hingegen wird positiv hervorgehoben, dass der Radverkehr stark zugenommen hat. Die Stadt hat sich zum Ziel gesetzt, den Anteil des Veloverkehrs am Gesamtverkehr bis 2030 auf zwanzig Prozent zu erhöhen. Dies ist ein vielversprechendes Vorhaben, um den Umstieg auf umweltfreundlichere Verkehrsmittel zu fördern und den CO_2-Ausstoß zu reduzieren.

Diese Momentaufnahmen zeigen, dass die Klimabewegung in der Schweiz konkrete Veränderungen in verschiedenen Bereichen des täglichen Lebens anspricht und vorantreiben will. Damit die Schweiz ihr Ziel der Netto-Null-Emissionen erreichen kann, sind solche Initiativen auf breite Unterstützung angewiesen.

Streit um Demo

Vor fünfzig Jahren wurde die Stadtautobahn ‚Westtangente' mitten durch Zürich gebaut. Nun will ein Komitee die vierspurige Straße für 24 Stunden blockieren. Doch die Kantonspolizei hat die Aktion verboten. Trotz dieses Rückschlags hoffen die Organisatoren, dass sich der Aufwand lohnt. Sie werden das juristische Durcheinander klären und die Sperrung in einem Jahr nachholen: für fünfzig Stunden.

Ein Rückblick ins Jahr 1984: Die Westtangente muss abspecken! Die Betroffenen wehren sich, und ich gehöre dazu. Meine Lebensgefährtin, unser vierjähriger Sohn und ich wohnen nur 300 Meter von der Straße entfernt. Viele Familien wie wir sorgen sich um die Gesundheit unserer Kinder. Die Schadstoffwerte in der Luft sind alarmierend. Wir gründen die ‚Aktionsgruppe Westtangente' und fordern, dass die meistbefahrene Straße der Schweiz von vier auf zwei Spuren zurückgebaut wird. 700 Menschen versammeln sich auf der Westtangente. Wir lassen uns von der massiven Präsenz der Bereitschaftspolizei nicht einschüchtern. Alle freuen sich darauf, die Westtangente für drei Stunden zu besetzen. In einer großen Kiste auf den Schultern tragen wir über 5000 Unterschriften im Demonstrationszug mit. Am Ende der Kundgebung übergeben wir die Unterschriften symbolisch an die abwesende Stadtregierung. Die Demonstration zeigt den Behörden, wie besorgt und empört die Bevölkerung über die unhaltbaren Immissionswerte ist.

Seither hat sich die Luftqualität in der Stadt Zürich deutlich verbessert. Die Grenzwerte für verschiedene Luftschadstoffe wie Kohlenmonoxid oder Schwefeldioxid können eingehalten werden, nicht aber für Stickstoffdioxid, Ozon und Feinstaub.

Abschied

Vor kurzem ist Ludi Fuchs im Alter von fast 70 Jahren nach langer Krankheit verstorben. Er hat die politische Szene in der Region Uster bei Zürich maßgeblich geprägt und sich für die Schwachen in der Gesellschaft eingesetzt. Ich lernte ihn kennen, als er ein Videoprojekt für arbeitslose Jugendliche unterstützte. Im Rahmen eines Forschungsprojektes zur Stadtentwicklung porträtierte ich ihn. Dabei erzählte er mir von seiner Kindheit und Jugend, wie er in bescheidenen Verhältnissen aufwuchs. Seine Eltern arbeiteten beide in der Fabrik. Besonders prägend war für ihn die alternative Wohnbewegung Anfang der Achtzigerjahre:

„Damals hatten wir die Idee, eine Hausgemeinschaft zu gründen, eine etwas offenere Form als die WG. Zufällig kamen fünf Häuser auf den Markt, die der Firma HESTA gehörten. Es waren ehemalige Arbeitersiedlungen, etwa hundert Jahre alt und renovierungsbedürftig. HESTA wollte sie alle abreißen und neu bauen. Aber die Häuser standen als Zeugen der Industriegeschichte unter Denkmalschutz. Also haben wir zusammen mit der WOGENO, einer Wohnungsgenossenschaft, die Häuser gekauft. Wir haben die Häuser nach und nach saniert und die Mieter umgesiedelt. So mussten wir niemandem kündigen. In zwei der Häuser haben sich Hausgemeinschaften gebildet. In den anderen drei Häusern sind die alten Mieterinnen und Mieter geblieben. Es war eine schöne Zeit mit viel Power und Gemeinschaftssinn. Wir fühlten uns jung und stark."

In der Todesanzeige verabschiedet sich Ludi Fuchs mit den Worten: „Ich danke allen Menschen, die mich mit ihrer Zuneigung und Freundschaft auf meinen Lebenswegen begleitet haben. Ich wünsche Euch alles Liebe und Gute. Am 1. September 2022 habe ich mich im Kreise meiner Familie von dieser Welt verabschiedet."

Was in meiner Macht steht

Unsere Gruppe ‚Epiktet lesen' beginnt in einer Café-Bar in Zürich. Dort diskutieren wir die Gedanken in Epiktets Werk ‚Handbüchlein der Moral'. Der antike Philosoph argumentiert, dass es wichtig ist, sich bewusst zu machen, über welche Dinge wir selbst entscheiden können und über welche nicht. Wir haben die Kontrolle darüber, was wir denken und wie wir denken. Alles andere liegt außerhalb unserer Macht. So können wir jederzeit in einen Unfall verwickelt oder krank werden. Wir sind sterblich und haben keine vollständige Kontrolle über unseren Körper.

Epiktets Aussagen klingen absolut und scheinen keinen Raum für Diskussion zu lassen. Aber sind wir wirklich frei in unserem Denken und Handeln? Werden wir nicht auch von unseren Gefühlen und äußeren Einflüssen beeinflusst? Wenn wir an den heutigen Körperkult und das Fitnesstraining denken, scheint es, als könnten wir über unseren Körper verfügen. Lassen wir Epiktets Aussagen vorerst unkommentiert und treffen uns in einem Monat wieder.

Bern war immer wichtig für mich. Es war nicht nur der Ort meiner ersten ethnographischen Feldforschung, sondern auch ein Zufluchtsort in schwierigen Zeiten. Ich erinnere mich besonders an die Zeit, als ich 1980 meinen Lehrauftrag an der Universität Zürich verlor und Bern mir die Möglichkeit bot, weiterhin an der Universität zu unterrichten.

Ein weiteres prägendes Erlebnis war die Eroberung der ‚Reitschule' 1987, die mit einem großen Fest begann. Die Reitschule war bekannt als Treffpunkt für Mitglieder der Jugendbewegung, die dort lebten und gemeinsam Ideen für eine freie Universität, eine offene Stadt, alternative Kultur und die Abschaffung der Schweizer Armee entwickelten.

Nun findet in der Reitschule eine Buchvernissage über die Geschichte einer legendären Berner Wohngemeinschaft statt. Geschrieben hat das Buch Anton Lehmann, Chronist und Mitbegründer der WG, zusammen mit seinem Freund Fred Arm. Sie haben sechzig ehemalige WG-Mitglieder interviewt und präsentieren nun in der edition 8 ein lesenswertes Werk voller Anekdoten und Geschichten.

Das Buch bietet nicht nur Einblicke in das bunte und unkonventionelle Leben der WG-Mitglieder, sondern auch in ihre unterschiedlichen politischen Einstellungen und beruflichen Entwicklungen. Viele von ihnen entflohen beengenden Familienverhältnissen und fanden in der WG einen Ort der Freiheit und des kreativen Austauschs. Aus dieser Wohngemeinschaft entstand eine kulturelle Revolution, die Einfluss auf die außerparlamentarische Opposition und den Underground in der Schweizer Hauptstadt hatte.

Es ist faszinierend zu lesen, wie sich die Lebenswege der ehemaligen WG-Mitglieder entwickelt haben, von alternativen Betrieben bis hin zu global agierenden Unternehmen. Das Buch ist somit ein gelungenes Porträt dieser außergewöhnlichen Gemeinschaft und ihres Einflusses auf die Gesellschaft. Ich freue mich darauf, bei der Buchvernissage in der Reitschule dabei zu sein und noch mehr über die Geschichte dieser WG zu erfahren.

Spazieren – einmal anders

Ankunft am Bahnhof von Mendrisio im Tessin, nur wenige Kilometer von der italienischen Grenze entfernt. Ich besuche eine Freiluftausstellung, in der Studierende der örtlichen Universität Skulpturen und Installationen zeigen, um Mendrisio als wachsende Agglomeration zwischen Lugano und Como über die Grenze hinweg sichtbar zu machen. Da ich mich für Stadtentwicklung interessiere, wurde ich von einer Tanzkünstlerin aus Zürich, die an der Ausstellung mit einer Performance beteiligt ist, eingeladen, die Ausstellung zu besuchen.

Ich folge einem Parcours, auf dem Pfeile zu den verschiedenen Stationen der Ausstellung führen. Es ist ein Spaziergang durch unwirtliches Gelände, ich suche Abkürzungen, verlaufe mich. Ich schaue mir die unmittelbare Umgebung genau an: ein chaotisches Konglomerat aus Bürogebäuden, Industrieanlagen und Einkaufszentren. Auf dem Weg treffe ich andere Besucher*innen, die sich ebenfalls verlaufen haben. Gemeinsam stoßen wir auf die erste Installation: ein schneeweißes Ruderboot vor einer grauen Wand mit einem Hauch von Blau. Ich denke daran, einzusteigen und aufs offene Meer hinauszurudern.

Wir biegen um die Ecke und kommen an einer Garage vorbei. Über eine Treppe gelangen wir zu einer stark befahrenen Straße. Wir überqueren sie und stehen nun auf einer baumlosen Grünfläche. In ihrer Mitte ragt eine Skulptur aus gepressten, bunten PET-Flaschen vor uns in den Himmel. Ein Mahnmal gegen den Konsum. Ich fotografiere die Szene und zoome von der Skulptur weg: Eingerahmt von einer weiten Hügellandschaft steht sie nun vor meinen Augen. Sie könnte irgendwo auf der Welt sein.

Plötzlich wird es lebendig. Wir durchqueren mehrere Siedlungen: Oasen in der Wüste. Kleider hängen auf Balkonen, gepflegte Gärten mit Vogelhecken, Kinder und Fahrräder. Hier ein begrüntes Dach, dort eine begrünte Hausfassade. Ein Betonvorsprung vor einem Einkaufszentrum schafft leeren Raum. Hier hat sich eine bunte Szene mit Werkstätten und Ateliers entwickelt – ein Labor für neue Ideen. Gegenüber in einer Bar treffen wir weitere Menschen, die sich uns anschließen.

Nach Einbruch der Dunkelheit werden Videos auf zwei der großen Öltanks von Mendrisio projiziert: Schwärme von Vögeln und Fischen ziehen vorbei, auch Hunde und Katzen – die Haustiere der Mendrisiotti. Vor den Tanks führt eine Rampe hinauf zum Parkhaus auf dem Dach eines Wohnblocks. Die roten und weißen Lichter der fahrenden Autos sind zu sehen.

Die Performance der Tänzerin findet in Zusammenarbeit mit einem Altersheim statt. Auf einem Parkplatz von der Größe eines Fußballfeldes spielt sich ein seltsames Schauspiel ab. Alte Frauen und Männer sitzen in einer Reihe auf Stühlen, dick in Wolldecken eingepackt, um sich vor der kühlen Nachtluft zu schützen. Nun erhebt sich einer nach dem anderen. Begleitet und gestützt von ihren Angehörigen bewegen sie sich langsam über den Platz, setzen einen Fuß vor den anderen. Der eine oder andere bleibt kurz stehen und setzt dann seinen Weg fort. Manchmal gehen sie zu zweit oder zu dritt. Andere, die nicht zur Gruppe der Alten gehören, gehen auf der anderen Seite des Platzes den Hang entlang, legen sich ins Gras und gehen weiter. Plötzlich bleiben alle stehen, verharren oder legen sich hin. Eine Pause entsteht. Es folgt ein lang anhaltender Applaus von uns Zuschauer*innen, die wir das Geschehen vom Rand des Parkplatzes aus verfolgt haben. Dann setzen sich die Seniorinnen und Senioren wieder auf ihre hohen Stühle, richten sich auf, die Damen mit bunten Hüten auf dem Kopf. Mit einem leichten Nicken bedanken sie sich für den Applaus.

Nach der Aufführung werde ich zu einem Apéro eingeladen. Wir sitzen in einer Pizzeria im dritten Stock eines Geschäftshauses. Nebenan befinden sich ein Fitnesscenter und ein Coiffeursalon. Mendrisio zeigt sich an diesem Ort unkompliziert. In der Pizzeria werden wir freundlich auf Italienisch, Deutsch, Französisch und Englisch bedient: „You speak as you like!"

Auf und ab

How can I go forward, when I don't know which way I'm facing? How can I go forward when I don't know which way to turn? (John Lennon)

Aufstieg:
Wanderlust treibt mich den Berg hinauf
Die Madonna einer Kapelle
hält schützend ihre Hand über das Tal

Meine Füße erkunden den Weg
tausend Steine, Stufen, Wurzeln
Ein steiler Fels
Ich rieche Heu
Ich höre Wasser
aus tiefer Schlucht
Auf einer Hängebrücke treffe ich
einen Belgier und einen Genfer
Performance: Wanderer hält Schild
mit dem Namen des Belgiers
Genfer fotografiert
Lachend verabschieden wir uns
Durch Weintrauben steige ich den steilen Hang hinauf
Einatmen – ausatmen
Oben im Dorf bringt mich das Postauto
schnell ins Tal
Eine Frau fürchtet sich in den engen Kurven
Eine andere, mutige, lacht
Ich fahre zurück in die Stadt am See
Kurve mit dem E-Bike
durch das neue Hochhausviertel
In meiner Urlaubswohnung in einem der Türme
steuere ich zentral von einer Konsole aus
die Lichter, die Jalousien, den Herd, die Verriegelungen
Ich koche und esse
Dann schaue ich auf dem Bildschirm
‚Die Vögel' von Hitchcock
Mann trifft attraktive Frau
Sie wird von Möwen angegriffen und verletzt
Weitere Angriffe folgen
Bevölkerung verbarrikadiert sich
Ungewisses Ende mit apokalyptischen Bildern

Eintauchen:
Ich fahre mit dem E-Bike
auf einer Straße mit endlosen Kurven
wieder einen Berg hinauf
Die Hände am Lenker
Ich sehne mich nach nichts
Ich bin einfach da – fahrend
mit Blick auf Wald, Himmel, Wolken
Oben ankommen und runtersausen
auf der italienischen Seite des Berges
Dörfer wie aus vergangenen Zeiten
alt, auch verfallen
Denkmäler erinnern an die Gefallenen
beider Weltkriege
Sie starben für das Vaterland
Ich gedenke der Mütter
Am See angekommen
mit einem Strand wie am Meer: Oh ja!
Ich nehme ein Bad und fahre zurück in die Schweiz
am Seeufer entlang
Überholt von Autos merke ich
wie viele Menschen an Straßen leben
in Lärm und schlechter Luft
Selbst einst prächtige Villen
bleiben vom Verkehr nicht verschont
Noch ein Halt am See
Eintauchen ins Blau
wie von sanfter Hand getragen
Im Kopf ein Song von Sophie Zelmani:
To know you, means a lot of things
Lot of love, lot of dreams

Die gegenwärtige Situation erscheint düster. Aber ich habe Hoffnung auf eine bessere Zukunft. Was bedeutet Fortschritt? Ich beobachte kleine Kinder beim Spielen, wie sie neugierig aufeinander zugehen, lachen, streiten und sich wieder vertragen. Dabei fällt mir der Satz des Schriftstellers Robert Musil ein: Wo Realitätssinn ist, muss auch Möglichkeitssinn sein. Wir sollten Rücksicht auf unsere Lebensgrundlagen nehmen, anstatt Ressourcen auszubeuten. Alle Menschen auf dieser Erde sollen gleiche Lebenschancen haben. Eigeninitiative und Zivilcourage sollen gefördert werden.

Neulich habe ich von Ueli Jaggi geträumt. Ich lernte ihn bei meiner ersten ethnographischen Forschungsarbeit im Berner Oberland kennen. Zusammen mit Gleichgesinnten aus dem Dorf Adelboden kämpfte er gegen die Interessen der Bauunternehmer und der Tourismuslobby: Keine weiteren Feriensiedlungen. Sie setzten sich für eine Ortsplanung mit Augenmaß ein. Als teilnehmender Beobachter verfolgte ich ihre Aktivitäten, ging in ihrem kleinen Stall, den sie zum Clublokal umgebaut hatten, ein und aus.

Dann verlor ich Ueli aus den Augen. Jahre später erfuhr ich, dass er als Sicherheitsingenieur in einem Kernkraftwerk arbeitete. Das entsprach seinem Naturell. Als Atomkraftgegner wollte er wenigstens dafür sorgen, dass sie sicher betrieben werden. Nach seiner Pensionierung kehrte er nach Adelboden zurück. Unter seinem Elternhaus baute er gegen den Widerstand der Nachbarn und der Behörden eine schöne zweigeschossige Kulturhalle für Jugendliche. Der Saal wird rege genutzt. Im Mai dieses Jahres verstarb Ueli Jaggi im Alter von 75 Jahren.

Vor einem Jahr habe ich zusammen mit der ‚Interessenge-
meinschaft Transparenz' Druck auf Stadt und Kanton Zürich
sowie auf das Zürcher Kunsthaus ausgeübt. Mit einer Petition forderten wir mehr Transparenz in Bezug auf die Kunst-
sammlung Bührle. Zum Zeitpunkt unserer Forderungen
stand die Sammlung Bührle kurz vor dem Umzug ins neue
Kunsthaus. Wir drängten darauf, dass die Herkunft eines
Teils der Sammlung aus der Zeit des Nationalsozialismus
vertieft erforscht und der Öffentlichkeit verständlich vermit-
telt wird. Unsere Petition, das Buch ‚Das kontaminierte Museum' von Erich Keller und viele kritische Stimmen, auch aus
der jüdischen Gemeinde, haben eine öffentliche Debatte an-
gestoßen. Ich hoffe, dass unsere Forderungen nun vollum-
fänglich umgesetzt werden, so auch die Aufarbeitung der
Verstrickung des Industriellen Emil G. Bührle in das System
der Zwangsarbeit in der Schweiz und in Deutschland.

Zusammen mit der IG Transparenz habe ich ein Video über
Opfer des Nationalsozialismus mit Bezug zu Zürich produ-
ziert (www.remembered.ch). Anlässlich der Premiere sprach
der Historiker Jakob Tanner zum Thema Vergessen und Verdrängen. Er betonte, dass Erinnerung immer gegenwartsbe-
zogen und nie statisch sei. Die Vergangenheit kann einfach
verschwinden, wenn sich niemand mehr an sie erinnert.
Erinnern bedeutet auch, darüber nachzudenken, was wir
nicht vergessen und nicht weiter verdrängen wollen.

Das Kunsthaus Zürich hat jetzt eine neue Direktorin: Ann
Demeester aus dem belgischen Brügge. Für sie gehört Emil G.
Bührle zu Zürich und die Stadt muss sich mit seiner Ge-
schichte auseinandersetzen.

Sie will Debatten anregen und die Provenienzforschung offensiver vorantreiben. Das ist gut so!

Oktober 22

Das kleine Büro

Im Radio hörte ich ein berührendes Porträt meines Jugendfreundes Jürg Obrist. Er erzählte von seinem Leben als Kinderbuchautor. Jürg ist 1947 in Zürich geboren und aufgewachsen. Sein Vater arbeitete in einer Fabrik, seine Mutter war Hausfrau und Schneiderin. Schon als Kind richtete er sich auf dem Dachboden seines Elternhauses ein kleines „Büro" ein, in dem er zu schreiben, zu zeichnen und seine ersten Büchlein zu gestalten begann. Besonders eng war die Beziehung zu seiner fast 15 Jahre älteren Schwester, die ihn immer unterstützte. Jürg Obrist sagt: „Als Kind war ich lebhaft und sensibel. Sie hat mich immer angetrieben. Ohne sie wäre ich wohl nie Schriftsteller und Illustrator geworden."

Nach der Schule wurde Jürg Obrist Retuscheur und Fotograf. Mit 22 Jahren wanderte er nach New York aus und erkannte, dass es neben der Schweiz noch viele andere Möglichkeiten gibt, sich zu verwirklichen. In den USA schrieb er sein erstes Kinderbuch. Ursprünglich wollte er eine fertige Geschichte illustrieren, doch der Verleger sagte: „Nein, nein, den Text musst du selbst schreiben!" Das war der Beginn vieler Bücher. Seine Sammelbände mit Krimi-Rätseln wurden in 16 Sprachen übersetzt.

Heute lebt Jürg Obrist mit seiner Frau aus New York wieder in seinem Elternhaus in Zürich. Sein Atelier befindet sich wieder unter dem Dach, genau dort, wo er als Kind zu schreiben und zu zeichnen begann. Seine fotografischen Arbeiten sind noch zu entdecken. Seine Bilder aus den Straßen New Yorks beeindrucken durch ihre Nähe zu den Menschen.

Gerade aufgestanden

Meine 86 Postkarten mit dem Titel ‚I Got Up' von On Kawara haben einen festen Platz in der Sammlung des Kunstmuseums St. Gallen gefunden.

On Kawara denkt in seinen Bildern über die Bedeutung der Zeit und deren Einfluss auf unser Dasein nach. Zwischen 1968 und 1979 verschickte er täglich Postkarten an Menschen aus seinem Bekanntenkreis. Jede Postkarte war mit dem Datum und der Aufschrift ‚I GOT UP AT' versehen und enthielt die genaue Uhrzeit, zu der er aufgestanden war. Meine Serie von Postkarten, die ich von On Kawara erhalten habe, beginnt am 27. Mai 1975 und endet am 20. August 1975.

Der Künstler wählte die Motive seiner Postkarten sorgfältig aus. Die Serie beginnt mit Aufnahmen der Skyline von Manhattan, vom Meer aus gesehen. Dann tauchen wir in das Innere der Stadt ein und entdecken Straßen, Avenues, Plätze und markante Gebäude. Schließlich verlassen wir New York mit einem Blick von oben auf den Kennedy Airport. Alle Ansichten zusammen ergeben das Porträt einer glanzvollen Weltmetropole.

In der Lokremise des Kunstmuseums St. Gallen ist nun eine Hommage an On Kawara zu sehen. Die Ausstellung umfasst Werke des Künstlers, darunter auch meine Serie ‚I Got Up', sowie Arbeiten anderer Künstlerinnen und Künstler, die sich ebenfalls mit dem Phänomen der Zeit auseinandersetzen.

*Ein brillanter Fun*d

Vor zwei Jahren wurden in einem Londoner Archiv Tausende von Fotos entdeckt. Sie stammen aus einer Widerstandzeitung aus dem Stadtteil Waterloo. Die Menschen dort kämpften gegen das Vordringen der City über die Themse in den Süden Londons. Mein Freund Paul Carter war als Fotograf dabei. Ich lernte ihn damals kennen und porträtierte ihn für meine Forschungsarbeit über alternative Medienarbeit in London.

Zusammen mit einer Archivgruppe hat Paul nun diese Fotos gesichtet und eine Wanderausstellung organisiert. Die Ausstellung zeigt, wie Menschen um ihre Existenz kämpfen, wie sie Zugeständnisse von Behörden und Baulobbys erzwingen und sich für bezahlbaren Wohnraum einsetzen. Paul Carter war Aktivist und Fotograf zugleich. Viele der Fotos in der Ausstellung stammen aus seiner offenen Fotowerkstatt, in der alle ihre Bilder entwickeln und Abzüge machen konnten. Nun finden diese Bilder ihren Weg zurück in die Öffentlichkeit. London kämpft heute wieder mit ähnlichen Problemen der Gentrifizierung. Bezahlbarer Wohnraum ist in London kaum noch zu finden.

Was ist Kunst?

13 Jahre alt
Ich gehe in die Sekundarschule
und höre dem Geschichtslehrer zu
Ich langweile mich, mache Streiche
Die anderen lachen
Der Lehrer stellt mich ans Fenster
Ich schaue hinter einer Topfpflanze hervor
gestikuliere mit meinen Händen
und mache ein dummes Gesicht
Wie kann ich trotzdem
eine akzeptable Note bekommen?
Das Gelernte muss in einem Heft
festgehalten werden:

Von der Urgeschichte der Schweiz
bis zum letzten Aufstand der Helvetier
gegen die Römer
Mit Schriftschablonen und Tuschestift
mache ich alles schön und einprägsam
Dem Lehrer gefällt es
Er gibt mir gute Noten
Ich lerne: Gestalten hilft,
komplexe Zusammenhänge leicht zu vermitteln
Während meines Studiums
habe ich in meinem WG-Zimmer
zwei Arbeitstische:
einen zum Schreiben
einen zum Malen
Meine doppelte Leidenschaft für Kunst und Schreiben
bleibt mir erhalten
Auch mein rebellischer Geist

Que sera, sera

Zu siebt sind wir diesmal in unserem Lesekreis Epiktet. Wir treffen uns für eine Stunde in einem Café und besprechen die Betrachtung Nr. 7 aus Epiktets ‚Handbüchlein der Moral'.

Sie handelt von einem Schiff, das an einer Insel anlegt, um frisches Wasser zu tanken. Die Besatzung braucht Muscheln und frisches Gemüse als Proviant. Also gehen sie an Land, dürfen aber das Schiff nicht aus den Augen verlieren. Sobald der Kapitän ruft, eilen alle zurück, denn niemand will zurückgelassen werden. Ich glaube, dass diese Situation das Leben widerspiegelt. Wenn wir älter werden, bleiben wir in der Nähe des Hafens und sind bereit, wenn der Steuermann ruft.

Wer steuert dieses Schiff? Das Schicksal? Das Leben auf der Insel scheint zunächst angenehm: Muscheln sammeln, Gemüse anbauen. Doch dann wird es ernst: alles zurücklassen und zurück aufs Schiff. Ist das die Vorbereitung auf den Tod?

Es muss also nicht alles so kommen, wie wir es uns vorstellen. Es kommt, wie es kommen muss. Mit dieser Einstellung kann das Leben ruhig verlaufen. Es ist ratsam, Erwartungen zu dämpfen, um Enttäuschungen vorzubeugen. Aber wir sollten nicht ängstlich sein.

Auch Wünsche gehören zum Leben!

November 22

Meister der Zeitkunst

Mit einer Gruppe besuche ich die Ausstellung On Kawara in St. Gallen. Wir fotografieren, was uns gefällt, interessiert oder missfällt, ohne zu werten. Wir erkunden die Halle der alten Lokremise und auch die Werke anderer Künstler, die zu dieser Hommage an den Meister der Zeitkunst beigetragen haben. Anschließend tauschen wir uns aus:

- Die Explosion auf der Leinwand war genial.
- Die zwölf Uhren mit den großen Zifferblättern, zusammen mit Gabeln und Messern auf einem Tisch, laden zum Essen ein. Bring mir bitte die Speisekarte!
- Guck mal, die Modelleisenbahn! Im Alltag bin ich immer in Eile, aber hier ist alles schön langsam.
- Jemand zeigt ein Foto vom ganzen Raum: Oh, dieses Volumen, diese Fülle!
- Einer Teilnehmerin ist langweilig: Ich habe versucht, mich mit dem Objekt auf der Videoleinwand zu verbinden, aber bei mir passiert nichts.
- Zu einigen Fotos gibt es Stichwort-Kommentare: Mensch trägt Bild – bewegt/unbewegt – Tränen oder Regen? – Jetzt!

On Kawara (1933–2014) malte sein erstes Datumsbild am 4. Januar 1966. Jedes seiner Gemälde trägt das Datum seiner Entstehung: Monat, Tag, Jahr. Jedes Bild ist in einer Schachtel verpackt, und jeder Schachtel hat der Künstler einen Zeitungsartikel beigelegt. On Kawara bezieht sich immer auf das Zeitgeschehen, wo auch immer er sich aufhält.

Als junger Mann wurde On Kawara in Tokio mit den Folgen des Atombombenabwurfs konfrontiert. Am 6. August 1945 um 8.15 Uhr und 17 Sekunden warf die Besatzung eines amerikanischen Militärflugzeugs die Bombe über Hiroshima ab. Wenige Tage später geschieht dasselbe in Nagasaki, insgesamt sterben 230'000 Menschen. On Kawaras legendäre ,Bathroom Series' von 1953 besteht aus Bleistiftzeichnungen von Badezimmern. Verzerrte Räume mit zerstörten Körperteilen: Köpfe, Torsos, Arme und Beine schweben durch die gekachelten Räume. Die Gesichter wirken ausdruckslos, als stünden sie unter Schock.

On Kawaras Anfänge in Tokio stehen im Zusammenhang mit seiner Arbeit im New York der Sechzigerjahre. On Kawara war Teil einer lebendigen Kunstszene, die in der Konzeptkunst neue Visionen entwickelte. Auch nach seinem Tod bleibt uns On Kawara mit seinen lakonischen Botschaften erhalten: Heute aufgestanden. Heute diesen Menschen begegnet. Heute diese Wege gegangen. Heute gemalt. I am still alive!

Wieder am Meer

Ich sitze auf der Terrasse einer Ferienwohnung in einem kleinen Ort in Ligurien. Von hier aus blicke ich auf das Meer, hinter mir erstreckt sich ein wilder Garten mit Palmen bis hin zu einem mittelalterlichen Orologio. In hellen Tönen zeigt er die Stunden an. Es ist Montag, der 7. November 2022.

Fabrizio hat mich zu einer Wanderung eingeladen. Wir sind zu viert, eine Frau und drei Männer. Unser Ziel ist ein Dorf in der Nähe von La Spezia. Ein Militärhafen trennt den Ort vom Meer. Nachdem wir das Auto geparkt haben, geht es steil den Berg hinauf, vorbei an einem Marmorsteinbruch. Oben angekommen, erwartet uns ein wolkenloser Himmel mit freiem Blick auf das Mittelmeer. Am Horizont zeichnen sich die Konturen von Korsika und Elba ab. Die Sonne scheint warm wie im Sommer. Der Weg führt uns in zwei Stunden hinunter zum Hafen von Porto Venere.

Der Hafen der Venus liegt reizvoll an einer Meerenge. Von hier aus sehen wir die kleine Insel Palmara. Unsere Wanderbegleiterin meint, dort könne man wunderbar baden. Vor meinem inneren Auge erscheint das Bild ‚Die Toteninsel‘ von Arnold Böcklin: Eine hohe, weiße Gestalt steht mit dem Rücken zum Betrachter in einem kleinen Boot. Sie rudert zu einer Insel, einem Friedhof mit sakralen Bauten und dunklen Zypressen. Oh, denke ich, die Liebesgöttin kehrt Italien für immer den Rücken zu!

Bei einem Glas Prosecco in einer Bar unterhalten wir uns über die düsteren Siebzigerjahre. Einer unserer Wandergefährten war damals bei einer militärischen Spezialeinheit, die die Attentäter der Roten Brigaden jagte. Er erzählt von den Kämpfen, bei denen er von der Druckwelle einer Bombe getroffen und schwer verletzt wurde. Noch heute trägt er einen Metallsplitter im Knie. Seine Einsätze lassen ihn nicht los. Während er erzählt, geht es weniger um die gesellschaftlichen und politischen Hintergründe des Terrorismus als um seine Entschlossenheit, seinen Mut und seine Unerschrockenheit.

Warum tut sich eine Gesellschaft so schwer mit ihren inneren Konflikten? In Italien ist jetzt eine rechte Regierung mit einer ehemaligen Neofaschistin an der Macht. Die Aussichten auf eine Aufarbeitung des Mussolini-Erbes tendieren gegen Null.

Zurück in meinem Ort sehe ich eine Gedenktafel am Rathaus. Darauf steht der Ausspruch eines Partisanen aus dem Zweiten Weltkrieg: „Weißt du, es kann genügen, bei uns selbst anzukommen und unsere Wünsche für morgen auszusprechen. Nein, sag nicht, du bist entmutigt und willst nichts mehr wissen. Glaubst du, alles sei geschehen, um vergessen zu werden?"

Grüße aus Kastanien

Wieder kurve ich mit Fabrizio durch das Hinterland der ligurischen Küste. Hier ist alles dicht bewaldet und ziemlich einsam. Ich schaue nach oben und entdecke kleine Dörfer, die wie festgeklebt auf einzelnen Hügeln liegen. Heute sind wir mit der Sektion des italienischen Alpen-Clubs unterwegs. Wir brechen mit Carlo zu einer zweistündigen Rundwanderung auf. Carlo, unser Wanderführer, ist Unternehmer mit eigener Firma. In den ligurischen Bergen fühlt er sich in seinem Element. Auf initiative Menschen wie ihn ist der Club angewiesen. Mit Begeisterung und Liebe zur Landschaft zeigt er uns ihre Schönheiten und Besonderheiten. Unterwegs plaudern wir fröhlich wie auf einer Klassenfahrt.

Mit einer Mischung aus gebrochenem Italienisch und Englisch finde ich schnell Anschluss. Ich lerne Menschen aus verschiedenen Berufen kennen: eine Richterin, einen Ingenieur, eine Lehrerin und einen Sozialarbeiter. Unsere Wanderung endet in einem Kastanienhain, wo der Alpen-Club zum ersten Mal nach der Pandemie sein Kastanienfest feiert. Wir befinden uns auf einem leicht verwilderten Gelände mit einer großen Bocciabahn. Nebenan im Clubhaus werden die Kastanien geröstet. Doch zuerst müssen wir die in Wasser eingelegten Kastanien mit Messern aufschneiden. Dabei schneide ich mir prompt in den Finger ...

Als Hauptgericht gibt es Polenta mit Pilzsauce, die lange köcheln muss. In der Halle der Bocciabahn wird für über hundert Personen aufgetischt. Die Stimmung ist ausgelassen. Zuerst bekommen wir eine frittierte Mehlspeise mit mildem Ziegen- oder Schafskäse. Dazu gibt es Wein und Wasser. Tutto semplice, ma buono! Der obligatorische Espresso darf nicht fehlen, um das köstliche Kastanienmahl abzurunden. Ein Tischnachbar sagt zu mir: „Erst hier in den Bergen kommen wir uns näher."

Die Piazza lebt

In unserem Städtchen sind fast alle Cafés geschlossen, die Saison ist vorbei. Aber auf dem Kleidermarkt treffen sich die Leute, reden miteinander und begutachten die Ware. Ich schlendere mit Fabrizio durch die Stände am Meer. Wir entdecken einen schönen Pullover für seine Frau. Noch ein Caffè, bevor ich mich auf den Heimweg mache. Fabrizio bringt mich zum Bahnhof.

Zwischenstopp in Genua. Für eine Stunde treffe ich Lidia und Marco. Wir kennen uns seit Jahren. Ihre Wohnung hat einen weiten Blick über die Stadt. Lidia fühlt sich eingeschüchtert durch den Krieg in der Ukraine und den noch ungewissen Ausgang der Pandemie. „Ich brauche viel Zeit für mich", sagt sie. „Manchmal habe ich das Gefühl, mitten in einem Hurrikan zu leben." Sie schiebt mir ein paar Mandarinen zu und sagt: „Pack sie ein, schön, dich wiederzusehen!"

Wir sprechen über meinen Besuch in Genua vor ein paar Jahren, als ich auf Einladung der dortigen 68er-Vereinigung in einem Kino in der Altstadt Videos aus meiner Sammlung ‚Rebel Video' gezeigt habe. Dabei führte ich auch einen Film vor, den ich zufällig bei meinen Recherchen entdeckt hatte:

‚Quando la piazza contava' (1971). Der Film handelt von einer Arbeitersiedlung außerhalb von Mailand, die für bessere Wohnungen kämpft. Gezeigt werden auch Studentinnen und Studenten, die, unterstützt von einigen Architekturprofessoren, den Kampf der Mieterinnen und Mieter aktiv unterstützen.

Spürt man im rechtskonservativen Italien noch etwas vom rebellischen Geist von 1968? Sind die Menschen heute noch bereit, für ihre Interessen zu kämpfen? „Der Geist der Piazza lebt noch", ist Marco überzeugt. „Wir müssen uns für den Frieden in Europa einsetzen und für eine menschenwürdige Einwanderungspolitik kämpfen." Als wir uns am Bahnhof verabschieden, ruft er mir aufmunternd zu: „Wir Privilegierten müssen dort aktiv werden, wo es am nötigsten ist. Ich hoffe, wir sehen uns bald wieder!"

Aus der Stille

In der Galerie ‚Litar' in Zürich ist eine dreißigminütige Show mit Bildern und Texten des Filmpoeten Peter Liechti (1951–2014) zu sehen. Zu hören ist der Satz „Am liebsten würde ich mich ein Jahr lang mit einem einzigen Thema beschäftigen: dem Nichts. Um das Nichts zu erfassen, muss man so viel wie möglich von seiner Umgebung zeigen, denn um das Nichts herum ist das Etwas, vielleicht besonders viel davon. Es ist, als ob das Nichts eine Leere erzeugte, die eine besondere Anziehungskraft ausübte."

Ich sitze bequem in einem Kubus auf einer weich gepolsterten Bank mit Rückenlehne. Ich lasse mich hineinziehen in die Welt von Peter Liechti: zu Menschen vor einem Bahnhof, zu Dünen im fernen Afrika. Ich wate durch eine Pfütze direkt vor meiner Haustür. Ich erfahre, spüre: Das Nichts interessiert sich weder für das Leben noch für den Tod. Es macht beide lächerlich in ihrem Bemühen, etwas sein zu wollen.

Wer war der früh verstorbene Filmemacher? In einem Interview auf seiner Website wird er gefragt, ob es in seinen experimentell-dokumentarischen Filmen vor allem darum gehe, seinen Assoziationen zu einem Thema zu folgen. Peter Liechtis Antwort:

„Ja, ich bin ein Abschweifer. Das war ich schon als Schüler. Das kann man negativ sehen, als Konzentrationsschwäche. Oder positiv als Stärke, dass ich sofort anfange zu assoziieren, wenn mich etwas bewegt. Aber für meine filmische Arbeit brauche ich eine klare Struktur, eine Linie, die mich von A nach B führt. Die muss da sein, damit ich improvisieren kann. Wie in der Musik. Ich denke für meine filmische Arbeit gerne in musikalischen Strukturen. Das möchte ich beibehalten. Mit dem Risiko, dass etwas in die Hose geht oder eine ganz andere Richtung einschlägt als gedacht."

Besonders beeindruckt hat mich Peter Liechtis Film ‚Vaters Garten'. Er handelt von seiner Auseinandersetzung mit seinen alten Eltern und der Geschichte ihrer Ehe. Er stellt ihnen kritische Fragen, auch wenn es ihm manchmal weh tut. Er hört vieles, was ihn erschüttert. Aber auch Beglückendes.

Übers Schreiben

Macht es Sinn, in diesen schwierigen Zeiten ein Tagebuch zu führen? Ich schreibe, um meiner Welt Gestalt zu geben, um eine eigene Meinung zu entwickeln, um lebendig zu bleiben.

Januar 23

Aufrecht gehen

Rolf und ich kennen uns seit der Mittelschule. Im Umbruch-
jahr 1968 drücken wir in Zürich gemeinsam die Schulbank.
Als junge Männer proben wir mit unseren Klassenkameraden
den Aufstand: Wir fordern weniger Bevormundung. Wir
wollen mehr Freiheit, um das zu lernen, was uns interessiert!
In den Siebzigern zieht es Rolf zu den Hippies ins Tessin.
Später wird er Physiotherapeut und führt mit seiner Frau
und Angestellten eine Praxis. Ich bin damals in verschiedenen Rollen aktiv: als Aktivist in der Zürcher Jugendbewegung, als Künstler und als Student. Ich studiere Geschichte,
werde Ethnologe.

Nach einer langen Pause treffen wir uns wieder, reden über
alte Zeiten: Wie wir nach der Mittelschule eine Wohngemeinschaft gründeten. Wir erinnern uns an den Tag, als wir in die
leere Wohnung einzogen. Die anderen Mitbewohner und
unsere Möbel sind noch nicht da. Wir sitzen auf dem Boden
um eine Truhe herum, auf der eine Kerze brennt. Wir sind
voller Erwartung. Was wird mit uns geschehen, jetzt, wo wir
unser Leben selbst in der Hand haben? Mit einem Messer
schnitzen wir diesen Satz auf die Rückseite der Truhe: „Wir
wollen immer wach bleiben!"

Nun sind wir älter geworden. Andere Themen beschäftigen
uns: Wie gehen wir mit Krankheiten und Beschwerden um?
Wie bleiben wir für unsere Umgebung, unseren Freundeskreis interessant? Oder werden wir zu mürrischen Alten, die
wir als Jugendliche gar nicht mochten?

Dann entwickelt sich unser Gespräch in eine andere Richtung. Es stellt sich heraus, dass Rolf sich für Evolutionstheorie und Biologie interessiert. Nach unserem Treffen korrespondieren wir per E-Mail über den aufrechten Gang und die Unterschiede zwischen uns und den Affen.

Heinz: Wie erklären wir uns die geistigen Fähigkeiten des Homo sapiens? Was haben wir mit den Affen gemeinsam?

Rolf: Schimpansen und menschenähnliche Wesen haben sich in Afrika getrennt. Das Hauptmerkmal dieser Vormenschen war der Übergang zum aufrechten Gang. Ohne den aufrechten Gang hätte es den Homo sapiens wahrscheinlich nie gegeben.

H: Gab es Veränderungen in der Körperhaltung oder im Körperbau?

R: Im Gegensatz zur Strategie der Vormenschen, sich durch körperliche Spezialisierung an die Umweltbedingungen anzupassen, hatte der Homo sapiens eine andere Möglichkeit, sich weiterzuentwickeln: die Kultur.

H: Warum wurde der Homo sapiens zu einem Wesen mit einer eigenen Kultur?

R: Wenn wir geboren werden, sind wir motorisch noch nicht genügend entwickelt. Der Basler Biologe und Naturphilosoph Adolf Portmann nannte uns deshalb sekundäre Nesthocker.

H: Ich habe bei Wikipedia nachgeschaut: Nach Portmann zeichnet uns Menschen aus, dass wir keine isolierten Wesen sind. Unsere Bedürftigkeit macht uns offen für soziale Kontakte. Diese Offenheit ist für Portmann die Voraussetzung für kulturelles Lernen und die Entwicklung unserer Denkfähigkeit. Als Ethnologe spricht mich das besonders an. Wenn ich für ein Projekt Menschen porträtiere, beginne ich das Gespräch oft über die Eltern und Großeltern. Es ist klar, dass das Aufwachsen unser Handeln, unsere Wertvorstellungen prägt.

R: Portmann hat sogar gesagt: Sozialer Kontakt ist für den Menschen „obligatorisch". Für Menschenbabys ist die Nähe zur Mutter entscheidend für die Persönlichkeitsentwicklung. Was passiert, wenn Mütter zu wenig präsent sind? Dann müssen sich die Neugeborenen bemerkbar machen, Aufmerksamkeit erregen. Das geht weit über die körperlichen Bedürfnisse hinaus.

H: Stichwort Arbeitsteilung: Wie müssen wir uns das Leben der Urmenschen vorstellen? Saßen die Mütter am Feuer und kümmerten sich gemeinsam um die Kinder? Waren die Männer auf der Jagd, sammelten Früchte oder bearbeiteten die Felder?

R: Wichtig war das Vorhandensein einer primären Bezugsperson, die dem heranwachsenden Kind bei der Entwicklung seiner Gefühlswelt und seiner Lebenstüchtigkeit zur Seite stand. Ob Mann oder Frau, war nicht so entscheidend. Ich erinnere an die traurige Geschichte der rumänischen Waisenkinder, die unter dem Ceausescu-Regime sträflich vernachlässigt wurden. Gefühle, Emotionen und Denken ersetzen bei uns Menschen, was bei den Tieren die angeborenen Instinkte sind. Wenn Babys diese Hilfe von ihrer Umwelt nicht bekommen, suchen sie Ersatz bei anderen Menschen, die ihnen die nötige Geborgenheit und Vertrautheit geben können.

H: Auch im Hinblick auf Neugier, Forscherdrang und Kreativität ist eine gute Kind-Eltern-Bindung entscheidend. Und das weitere soziale Umfeld des Kindes darf nicht vernachlässigt werden. Geschwister, Verwandte, die Nachbarschaft, in der wir aufwachsen, helfen uns, die Welt zu verstehen, uns in ihr zu bewegen. Wichtig sind auch die Gleichaltrigen, die Peer-Groups. Sie vermitteln neue Verhaltensmuster, erweitern unseren durch die Familie geprägten Horizont.

Ein Videopionier

Der Videopionier Reinhard Manz ist unerwartet verstorben. Ich habe Reinhard in bester Erinnerung. Ich kannte ihn seit den Anfängen des unabhängigen Videoschaffens in der Schweiz. In der schwierigen Zeit der Jugendunruhen haben wir uns gegenseitig unterstützt. Er war mir immer wohlgesinnt.

Als ich ihn vor fünf Jahren für das Projekt ‚Rebel Video' porträtierte, sagte er über seinen Werdegang:

„In der Schule mussten wir Kinder so gut wie möglich sein. Eine 4,5 fand meine Mutter schon bedenklich, es musste mindestens eine 5 sein. Wir sollten möglichst nicht negativ auffallen. Wir wohnten in der Nähe des Waldes, und der war für mich in der Freizeit wichtig."

„Während meiner Zeit an der Kantonsschule in Aarau fanden sich ein paar Leute, die zusammen ein Atelier mieteten. Jeder bezahlte zehn Franken im Monat. So hatten wir unser eigenes autonomes Zentrum! Einige haben dort auch übernachtet und gewohnt. Wir richteten ein Fotolabor ein, das Schülertheater probte dort, in der Nachbarschaft hatten mehrere bildende Künstler ihre Ateliers. Es war eine aufregende Zeit. Wir hatten Blockunterricht in der Schule und jede Woche eine Exkursion. Wir besuchten soziale und wirtschaftliche Einrichtungen: die psychiatrische Klinik in Windisch, das Gefängnis in Lenzburg, die Firma Roche in Basel und das Tscharnergut in Bern mit den großen Wohnsiedlungen. So kamen wir mit aktuellen Themen in Kontakt und konnten mit den Verantwortlichen vor Ort diskutieren."

Reinhard Manz erzählte von seinen Anfängen als Videokünstler:

„1979 habe ich in Basel eine Strassenaktion gemacht, die auch mit Fotografie und Video dokumentiert wurde. Ich beschrieb einen Weg, indem ich die Gedanken, die mir während der Aktion durch den Kopf gingen, mit Kreide direkt auf die Straße schrieb. Der spontane Charakter dieser Arbeit war mir wichtig. Ich reagierte auf die Bauarbeiter, den Verkehr, die Gefahr, den Asphalt, den Staub. Die Arbeit entstand im Zusammenhang mit einer der ersten Film- und Videoausstellungen in der Kulturkaserne Basel. Gezeigt wurden das Fotobuch und das Video. Vom Video als Gegenöffentlichkeit, als Teil von Protestbewegungen, ging es immer mehr zum eigenständigen engagierten Themen- und Dokumentarfilm. Auch die Technik entwickelte sich weiter."

„1990 habe ich das Video ‚Vom Fortschritt' gemacht, weil ich Vorsitzender unserer Videogenossenschaft war und für die Mitgliederversammlung einen Jahresrückblick machen musste. Wir hatten gerade wieder eine neue Kamera gekauft – schon die fünfte Generation. Mir ging es darum, diesen Zwang zu immer neuer Technik zu hinterfragen: Was bringt uns das? Was können wir mit den neuen, leistungsfähigeren Kameras erreichen? Es gibt immer einen Gegensatz zwischen der kritischen Haltung in unserer Arbeit und der Technikbegeisterung, der auch wir manchmal verfallen. Werfen wir den Kameraherstellern das Geld hinterher, anstatt es in unsere Inhalte zu investieren?"

Was bleibt von Reinhard Manz?

„Ich muss mich mit meinen Werken nicht verewigen. Die Arbeiten sind wie Wegmarken in der Zeit und ich bin froh, wenn einige meiner Konzepte, Bilder und verdichteten Gedanken in Erinnerung bleiben."

Von der WG zum Stadthotel?

Was ist das kulturelle Erbe der 68er? Haben die zahlreichen WGs, Kommunen, Hausgemeinschaften und neuen Wohnbaugenossenschaften, die nach 1968 entstanden sind, unsere Wohnkultur verändert?

Gestern besuchte ich das Zentrum Architektur Zürich (ZAZ), wo eine Ausstellung zu einem Ideenwettbewerb stattfand. Es ging um den Umbau von drei markanten Hochhäusern am Stadtrand von Zürich zu einem Stadthotel. Ein junges Team präsentierte seine Idee mit einem witzigen Video, das zeigte, wie man in einem Stadthotel nachhaltig und mediterran entspannt leben kann. Das Hotel soll allen offen stehen, die Wohnraum benötigen, auch Durchreisenden. Die Bilder und Visionen entführten mich in eine faszinierende Zukunft.

Vor der Präsentation der insgesamt 45 Projekte wurde Suppe serviert. Die anregenden Gespräche erinnerten mich an die Aufbruchstimmung im heißen Sommer 1968 in Zürich. Damals diskutierte die Bevölkerung auf dem Platz vor dem Centre Le Corbusier, gegenüber dem heutigen ZAZ, über die Zukunft Zürichs. Wir standen in kleinen Gruppen zusammen. Als damaliger Mittelschüler war ich überrascht, wie die Menschen sich begegneten, stritten und lachten.

Ein Fragebogen vor dem Einchecken in ein Stadthotel:

- Wer bist du und was bewegt dich?
- Welche Interessen stehen für dich im Mittelpunkt?
- Welche Rolle spielt Wohnen in deinem Alltag?
- Was hat das Wohnen in diesem Stadthotel mit Politik zu tun?
- Möchtest du in diesem Stadthotel allein oder zu zweit wohnen?
- Wo siehst du dich auf einer Skala von 1 bis 10 in Bezug auf das Bedürfnis nach Gesellschaft/Alleinsein?
- Isst du gerne in Gesellschaft oder lieber allein?
- Passt du dich gerne an? Was bedeutet „sich anpassen" für dich?
- Bist du nonkonformistisch?
- Soll dir das Leben im Stadthotel soziale Sicherheit bieten?
- Was passiert, wenn du krank wirst?
- Wie stellst du dir das Leben im Stadthotel vor?
- Oder willst du einfach mal einchecken?
- Wie gestaltest du deine Beziehungen?
- Bist du mobil? Was bedeutet für dich Mobilität?
- Wo leben deine Familie, Verwandten, Freundinnen und Freunde?
- Wie oft siehst du sie?
- Wie kommunizierst du deinem Umfeld, dass du jetzt im Stadthotel Zürich wohnst?
- Was könntest oder willst du tun, damit dieses Experiment gelingt?
- Was, wenn das Leben im Stadthotel anders verläuft als erwartet?

Welche Impulse und Anregungen würden die Teilnehmenden dieses Ideenwettbewerbs mitnehmen, wenn sie mit einer Zeitmaschine ins Jahr 1968 zurückreisen könnten? Gäbe es Neues zu entdecken für den urbanen Wandel in der Schweiz heute? Ich blättere in meinen Porträts von Achtundsechzigern. Sie sind als Buch zum 40-jährigen Jubiläum der Bewegung erschienen. Ich führe ein fiktives Gespräch mit den Personen, die zum Buch beigetragen haben, und lasse deshalb Namen und Ortsbezeichnungen weg.

Was bedeutete es für dich, in eine Wohngemeinschaft zu ziehen?

Soziologe: „Meine Eltern waren damit einverstanden, dass ich nach meinem sechzehnten Geburtstag mit anderen Gleichaltrigen in eine Wohnung in der Stadt zog. Alle dachten, ich würde jetzt auf die schiefe Bahn geraten. Das Gegenteil war der Fall. In dieser verrückten Kommune bin ich richtig aufgeblüht."

Ethnologe und Psychoanalytiker: „Die WG war ein Wendepunkt für mich, wenn ich daran denke, wie ich vorher allein gelebt habe. Ich war schon über dreißig. In diesen Jahren erlebte ich zum ersten Mal so etwas wie Gruppenzugehörigkeit und dass man sich mit Gleichgesinnten intensiv austauschen kann."

Warum hast du dich für eine Wohngemeinschaft entschieden?

Historiker und Politiker: „Meine Partnerin und ich hatten keine Kinder. Deshalb haben wir uns mit Freunden zu einer Hausgemeinschaft zusammengeschlossen. Deren Kinder sorgten für ein reges Kommen und Gehen, das gefiel uns besser als die Kleinfamilienidylle."

Was hat dir die Wohngemeinschaft gebracht?

Musikerin: „Wir Jazzmusikerinnen und -musiker mussten uns organisieren, um nicht an den Rand gedrängt zu werden. Wir lebten in einer WG und gründeten die Musikerinnen-Kooperative Schweiz."

Was war kreativ im Leben deiner WG?

Filmemacher: „Ein gutes Beispiel für kollaboratives Schaffen in der WG ist mein erster Film, den ich aus eigener Tasche finanziert habe. Es war ein anarchistisch-poetisches Porträt meiner Mitbewohner und ihrer Wünsche und Träume für die Zukunft. Am Ende dauerte der Film ganze vier Stunden. Jeden Samstagabend zeigten wir in unserer WG den neuesten Stand des Films – Spaghetti und Wein waren im Eintrittspreis inbegriffen. Mit den Einnahmen konnte ich neues Filmmaterial kaufen und weiterdrehen."

Was hatten diese Erfahrungen mit Politik und 1968 zu tun?

Filmemacher: „Wir konnten uns mit der depressiven Demutshaltung der Fünfzigerjahre nicht identifizieren. Unsere Eltern waren entweder ,kalte Krieger' oder ,blinde Fortschrittler'. Wir dagegen pflegten einen radikalen Individualismus mit einem leichten Hang zur Anarchie. Schon die Mitgliedschaft in einem Verein wäre Verrat gewesen."

Hatten politisch Aktive auch eigene Wohngemeinschaften?

Arzt und Politiker: „Ich habe mich damals gegen die unmenschliche Fremdarbeiterpolitik der Schweiz gewehrt. In unserer WG diskutierten wir Studenten nächtelang, wie wir

71

uns mit den italienischen Saisonniers solidarisieren könnten. Wir versuchten, eine autonome Bewegung aufzubauen – zusammen mit den italienischen Arbeitern. Wir kamen alle aus dem Tessin."

Forscher und Übersetzer: „In dem Stadtviertel, in dem ich in einer WG lebte, bildete sich eine Gruppe, die mit direkten Aktionen auf die unerträglichen Schadstoff- und Lärmimmissionen aufmerksam machte. Das Leben in der WG, der Kontakt zur alternativen Kulturszene und das Engagement in verschiedenen anderen Bewegungen verdichteten sich für mich zu einer Lebenshaltung: Ich war nicht mehr nur gegen etwas, sondern setzte mich zunehmend für die Erhaltung meines unmittelbaren Lebensumfeldes ein."

Welche Bedeutung hatte die Groß-WG für dich als Frau?

Historikerin und Lehrerin: „Ich wurde schwanger. Ich war bereit, das Kind notfalls allein großzuziehen. Ich wollte finanziell unabhängig von einem Mann bleiben und nicht in die Falle der Kleinfamilie tappen, wo mich materielle und emotionale Zwänge eingeengt hätten. Deshalb lebten wir in einer großen Wohngemeinschaft mit acht Erwachsenen und unserem ersten Sohn. Ohne diese WG, die uns bei der Kinderbetreuung unterstützt hat, hätte ich mein Studium und meinen Beruf nach der Geburt meines ältesten Sohnes nicht weiterführen können."

Wie lange bleiben WGs zusammen?

Soziologe: „In der letzten WG haben wir über zwanzig Jahre mit neun Erwachsenen und acht Kindern zusammengelebt. In dieser Zeit habe ich vor allem vormittags gearbeitet und mich nachmittags um Kinder und Haushalt gekümmert, aber auch viel gelesen."

Bringen Wohngemeinschaften Paare auseinander?

Soziologe: „Interessant ist, dass alle anderen Paare, mit denen wir zusammengewohnt haben, heute getrennt sind. Warum es so viele Trennungen gab, kann ich mir nicht erklären. Erfreulich ist, dass die acht Kinder, die in unserer Wohngemeinschaft aufgewachsen sind, immer noch Kontakt haben. Auch wir ‚Alten' treffen uns jedes Jahr im Sommer."

Künstlerin und Mutter: „Ich führte ein aktives Beziehungsleben, da mein Partner und ich uns für eine offene Ehe entschieden hatten. Zweimal bin ich von zu Hause ausgezogen und habe in einer WG gelebt, einmal für drei Monate und einmal für ein halbes Jahr. Für unsere Kinder war das nicht immer einfach. Als sie in die Pubertät kamen und ihre eigenen Wege gingen, habe ich ihnen vielleicht etwas zu viel Freiraum gelassen."

Sekretär einer NGO: „In der WG erlebten wir eine Revolution in unseren Beziehungen. Freundinnen zogen ein, das Leben in der WG wurde komplizierter, Paare trennten sich, neue Paare kamen hinzu. Wir versuchten, nach dem Partnerschaftsmodell von Sartre-Beauvoir zu leben, in dem auch Nebenbeziehungen möglich sind. In der Theorie klang das gut, in der Praxis war es schwieriger. Ich habe Kinder mit drei Frauen."

Archivarin: „In den Wohngemeinschaften versuchten wir, das alte Modell der Kleinfamilie zu überwinden. Ich habe viele Jahre in gemischten Wohngemeinschaften gelebt, dann nur noch in Wohngemeinschaften mit Frauen und Kindern, wo wir uns gemeinsam um die Erziehung gekümmert haben. Das nannten wir Politik der ersten Person."

Ich überlege: Was ist für mich der Unterschied zwischen Wohngemeinschaften nach 1968 und in den Achtzigerjahren? Die Achtzigerbewegung in der Schweiz brachte einen enormen Aufschwung im kulturellen und privaten Bereich. Es gab noch mehr WG-Gründungen und viele Hausbesetzungen. Es wurden auch einige kleine Wohngenossenschaften gegründet. Neu war, dass einige Wohngemeinschaften zu kulturellen Treffpunkten wurden, mit ‚Volxküchen' und spontanen Konzerten. Besetzte Häuser wurden zu politischen Zentren. Im Gegensatz dazu waren die WGs der Siebzigerjahre noch viel privater. Man diskutierte im kleinen Kreis, rauchte Haschisch und hörte Musik von Schallplatten. Als die Jugendbewegung in den Achtzigern begann, wussten wir schon, dass ein Leben im Kollektiv funktionieren kann.

Wie gingen die WGs mit ihren Gästen um?

Landwirt: „Ich war sieben Jahre lang als Student an der Universität eingeschrieben, aber die meiste Zeit lebte ich zu Hause in den Bergen. Es war ein Nomadenleben, obwohl ich in der Stadt ein Zimmer in einer Wohngemeinschaft hatte. Da ich mich nie in der Stadt niedergelassen habe, blieben meine Kontakte zur Achtundsechziger-Bewegung sehr locker. Aber die Bewegung hat mich trotzdem inspiriert."

Wie haben Wohngemeinschaften die globale Vernetzung gefördert?

Schriftstellerin: „Die Art und Weise, wie wir unsere sozialen und kulturellen Netzwerke knüpften und uns darin bewegten, begründete eine globale Tradition, die wir mit vielen Befreiungsbewegungen teilten: Wahlverwandtschaften waren uns oft wichtiger als die Familie. Ich lebte meistens in Wohngemeinschaften. Wenn wir zu Konferenzen und Treffen fuhren, konnten wir immer bei jemandem privat übernachten. Wir haben zusammen gekocht und über Bücher, Filme und Politik diskutiert. Diese Netzwerkstruktur war einfach. Mit unserer Bewegung haben wir einen neuen Lebensstil geschaffen, der auf dem Prinzip der Neugier basiert: Anteil nehmen am Leben der anderen: Was denkst du, was bewegt dich? Was machst du kulturell und politisch? Ich glaube, dass mein Leben als mobiler Mensch meiner unsteten Natur entspricht."

Was hat Betreutes Wohnen mit Wohngemeinschaften zu tun?

Ärztin: „Eine Frau, die jahrelang in einer psychiatrischen Klinik gelebt hat, hat mir fast die Praxis eingerannt, weil sie unbedingt aus der Klinik entlassen werden wollte. Ich konnte das durchsetzen, aber das bedeutete damals, dass die Frau von einem Tag auf den anderen aus der Klinik entlassen wurde. Sie hatte keine Wohnung und wusste nicht, wie sie an ihr Geld von der Invalidenversicherung kommen konnte. Als ich in der Klinik anrief, hieß es nur: ‚Schauen Sie selbst, was mit der Frau passiert.' Die wollten sie doch einfach loswerden! Heute gibt es fast überall betreute Wohngemeinschaften für psychisch Kranke und eine ausgebaute Spitex."

Psychotherapeutin: „Die Invalidenversicherung hatte auch schon eine Lösung für mich und meine körperliche Behinderung: Sie schlug mir vor, in ein Heim zu gehen und an der Uni Sozialpädagogik zu studieren. Damit hätten sie ihr Ziel erreicht – mich in ein Heim zu stecken. Aber das wollte ich auf keinen Fall. Freunde von mir, die an der Uni studierten, machten mir Mut: ‚Komm', sagten sie, 'wir gründen eine WG. Du wohnst bei uns und wir gehen zusammen zur Uni.' Wir gründeten tatsächlich eine Wohngemeinschaft, zwei Frauen und zwei Männer. Später sind wir in eine andere Wohnung gezogen, wo drei Männer dazukamen."

Wie leben im Alter?

Kulturvermittlerin: „Bei uns ist die Familie nach wie vor ein wichtiger Wert. Aber was ist mit Singles, Geschiedenen, Verwitweten? Wir wollen nicht in herkömmlichen Seniorenwohnungen oder Altersheimen leben. Ich möchte in eine Wohngemeinschaft mit mindestens sechs Personen ziehen, in einem großen Haus mit viel Platz. Zwei oder drei Zimmer wären für Menschen mit Behinderungen reserviert. Es gibt immer mehr Menschen, die allein nicht mehr zurechtkommen, auch Schwerkranke, die nicht unbedingt ins Krankenhaus müssen. Gemeinsam kann man sich besser um diese Menschen kümmern. Ein Gästezimmer wäre auch für den Austausch mit ähnlichen Wohngemeinschaften im In- und Ausland reserviert. Da könnte ich dann abwechselnd ein halbes Jahr in Paris wohnen und ein halbes Jahr in ..."

Addio Lugano bella!

Ich bin auf dem Weg nach Lugano, um mir den Film ‚Züri brännt' anzusehen. Am Bahnhof genieße ich den weiten Blick über die Stadt. Lugano Tourismus preist ihre Vorzüge: optimale Verkehrsanbindung und hohe Lebensqualität in alpiner Landschaft. Auch das milde Klima und das mediterrane Flair tragen zum Charme der Stadt bei. Lugano ist nicht nur eine Drehscheibe des internationalen Handels, sondern nach Zürich und Genf auch der drittgrößte Finanzplatz der Schweiz.

Doch vor zwei Jahren brannte die Stadt. Die WOZ titelte: „Ton, Steine und Scherben in Lugano". In einer Nacht- und Nebelaktion ließ die rechte Stadtregierung das autonome Kulturzentrum ‚Molino' abreißen. Das Molino war das autonome Herz des Tessins, ein Ort für Konzerte, Filme und Diskussionen. Es war auch ein Zufluchtsort für all jene, die sonst nirgendwo Platz finden. Der Kampf um das Molino ist eng mit der Entwicklung Luganos verbunden. Das Zentrum der Stadt ist ein Hort des Geldes und des Luxus. Günstiger Wohnraum ist hier kaum noch zu finden. Wohnhäuser weichen Bürotürmen. Für alternative Lebensentwürfe bleibt wenig Raum.

Zwei Jahre später bin ich Gast der Molinari für eine Diskussion. Sie zeigen ‚Züri brännt', einen Klassiker unter den Bewegungsfilmen. Auf dem Podium sitzt auch Patrizia Loggia, mit der ich am 30. Mai 1980 das Video zum Opernhauskrawall gedreht hatte. Ausschnitte aus diesem Video markieren in ‚Züri brännt' den Auftakt zu den Jugendunruhen.

Ich habe den Film lange nicht gesehen. Er zieht mich und das Publikum sofort in seinen Bann. Ich sehe Dinge, die mir vorher nicht aufgefallen sind. Es wird gezeigt, wie verfeindete Parteien aufeinander zugehen: Eine brenzlige Situation auf einer Brücke. Demonstrierende, von beiden Seiten von der Polizei eingekesselt, mit Gummischrot und Tränengas konfrontiert. Panikstimmung. Wir hören den Funkverkehr zwischen Kommandozentrale und Einsatzleiter. Ein kurzes Hin und Her. Dann der Rückzugsbefehl der Polizei. Die Demonstrierenden ziehen weiter.

Dann gibt es die humorvollen Szenen im Film: Ein Mitarbeiter einer Sicherheitsfirma erzählt einem Interviewer vor dem geschlossenen Autonomen Jugendzentrum (AJZ) leutselig: „Ich muss aufpassen, dass die Jugendlichen nicht ausrasten, wenn wir das Gelände bewachen. Das gelingt mir ganz gut. Ich habe keine Angst vor ihnen, bleibe offen, rede mit ihnen. Das klappt. Ich bin Familienvater. Da läuft auch nicht alles rund."

Immer wieder ist im Film Stakkato zu hören: Gummigeschosse, Raketen, Rauch- und Tränengasbomben. Dazu die eigenwillige Musik der ‚Bucks'. Der starke Rhythmus hält die Flut der Eindrücke zusammen: schnelle Aktionen, empörte Gesichter, wütende Schreie, schallendes Gelächter, vorbeihuschende Streetfighter, empörte Fernsehzuschauer, ausgebuhte Politikerinnen und Politiker.

Das Publikum ist begeistert. Applaus auch nach dem Filmgespräch. Patrizia Loggia erzählt, wie es in Zürich zum Aufstand kam, wie die Bewegung mit Flugblättern, eigenen Zeitungen, Radio und eben Videos mobilisierte. ‚Züri brännt' spiegelt das Selbstverständnis der Bewegung, ihren Ideenreichtum. Zeigt aber auch, was problematisch war: die mikrophongeilen Machos an den Vollversammlungen, das Drogenproblem im Autonomen Jugendzentrum AJZ, die Depression nach dem Ende der Bewegung.

Wo steht Luganos alternative Kulturszene heute? Auch zwei Jahre nach dem Abriss des Molino hat es die Stadtregierung nicht geschafft, der alternativen Kunst- und Kulturszene neue Räume zur Verfügung zu stellen. Deshalb veranstalten die Molinari nun drei Monate lang ein buntes Kulturprogramm unter dem Motto: „Wir sind noch da!" In einem mobilen Theaterturm abseits des Stadtzentrums finden Lesungen, Konzerte, Filmvorführungen, Kunstausstellungen, Tanzveranstaltungen, ein Flohmarkt und Kreativworkshops für Kinder statt. In Seminaren und Debatten wird über die Zukunft des kulturellen Lebens im Kanton Tessin diskutiert. Ein Lokalradio sendet aus einer kleinen Jurte auf dem Turmgelände. Gleich neben der Bühne gibt es eine Bar und feines Essen.

Was nehmen die Molinari von ‚Züri brännt' mit? Ein Jugendlicher: „Meine Generation fühlt sich ähnlich wie ihr damals.

Wir wollen frei sein, das tun, was uns interessiert – gemeinsam mit Freundinnen und Freunden. Aber die Bedingungen sind anders. Wir müssen einen neuen Umgang mit Medien und Kommunikation finden, uns besser vernetzen und als Bewegung wachsen." Ein anderer Zuschauer erzählt mir beim Bier: „Hier in Lugano ist es nicht einfach, die breite Bevölkerung zu mobilisieren. Die Rechte ist in Lugano deshalb so stark, weil sie die Sprache der einfachen Leute und der wohlhabenden Mittelschicht spricht."

Rollenspiel

Lesegruppe Epiktet, ,Handbüchlein der Moral': Welche Rollen spielen wir im Leben? Werden sie uns zugeteilt? Und wenn ja, wer weist uns diese Rollen zu? Ist es unsere Umgebung, das Schicksal oder gar eine höhere Macht? Wo wir geboren werden, ob in eine reiche oder arme Familie, darauf haben wir keinen Einfluss.

Sicherlich bestimmen äußere Umstände mit, was wir tun und wie wir leben. Zum Beispiel die Erziehung, die wir erhalten, oder historische Wendepunkte wie 1945, 1968 und 1989. Was bedeutet es, die uns zugewiesenen Rollen „gut auszufüllen"? Sollen wir uns anpassen, resignieren und alles wie eine Anweisung oder einen Befehl hinnehmen? Sicher nicht. Für Epiktet ist ein Leben ohne Einsatz für Gerechtigkeit und praktizierte Solidarität sinnlos.

Ein weiteres Thema, mit dem wir uns heute im Lesekreis beschäftigen wollen, ist die Textgläubigkeit, sei es in der Philosophie oder in den Religionen. Das Gefühl, sich mit einer bestimmten Denkrichtung identifizieren zu müssen. Nur weil Hannah Arendt Epiktet mochte, müssen wir ihm nicht blind nacheifern. Und nur weil Marx ein Fan von Epikur – einem weiteren Vertreter der hellenistischen Philosophie – war, müssen wir nicht zwangsläufig zu Epikureern werden. Wir sollten uns unser eigenes Bild von der Welt machen und uns von verschiedenen Denkrichtungen inspirieren lassen.

Februar 23

Mut machen

Der große Kinosaal im RiffRaff in Zürich ist bis auf den letzten Platz gefüllt. Kurt Reinhard, der Gründer von JobTV, zeigt einen 40-minütigen Dokumentarfilm über 25 Jahre JobTV. Der Abend ist eine Hommage an alle, die an diesem Videoprojekt für Menschen ohne Arbeit mitgewirkt haben. Unter großem Applaus verabschiedet sich Kurt Reinhard von der Bühne seines Wirkens. Er hat es immer verstanden, mit seiner offenen und freundlichen Art die Menschen für die Ziele von JobTV zu begeistern. Nun bezieht er seine AHV-Rente, macht sich wieder selbständig und arbeitet an neuen Projekten.

Gründungsjahr 1996: Die Schweiz steckt in einer Wirtschaftskrise. Viele, vor allem junge Menschen, sind arbeitslos. Wie sich neu orientieren? Einen neuen Job finden? Oder sich selbstständig machen? Das Konzept von JobTV liegt auf der Hand: Beim gemeinsamen Filmemachen viel über sich selbst und die Arbeit im Team lernen. Der Kurs dauert sechs Monate. Die Arbeitslosen kommen aus den unterschiedlichsten Berufen: Grafikerin, Buchhändler, Musiker, Friseur, Ethnologin, Schauspieler. Um bei JobTV mitzumachen, müssen sie keine Erfahrung im Film- oder Medienbereich haben. Hier wird jedes Talent gebraucht. Die meisten finden schnell einen Job und verlassen das Programm. Andere bleiben länger.

Als Videocoach habe ich JobTV in den ersten vier Jahren begleitet. Ich durfte den dreiwöchigen Grundkurs ‚Video – ich sehe' konzipieren und entwickeln. Hier lernen die Teilnehmenden den Umgang mit der Kamera, mit Licht, Ton und Schnitt. Es entstehen Selbstporträts, Dokumentationen, Kurzfilme, Spielszenen, Interviews an möglichen Arbeitsplätzen. Gemeinsam schauen wir uns die Ergebnisse an, lernen uns besser kennen. Dann geht es an die Produktion. Ein dreißigminütiges Magazin wird monatlich auf mehreren Lokalsendern in der Deutschschweiz ausgestrahlt. Später hecken Kurt Reinhard und sein Team neue Ideen aus, wie JobTV sein Publikum erreichen kann: als Videoinstallation auf öffentlichen Plätzen, als Beitrag zu Ausstellungen und Diskussionsveranstaltungen in einem Kulturzentrum.

Als Kurt zum Abschied von JobTV in einem Zeitungsinterview gefragt wird, was er Menschen rät, die plötzlich arbeitslos werden, antwortet er: „Sich Zeit nehmen und sich fragen: Was kann ich gut? Was möchte ich lernen? Was macht mich glücklich?"

Die Zukunft des Kinos

Ich sitze im Kino und sehe mir einen Spielfilm an. Einer kitschigen Liebesszene kann ich mich kaum entziehen, es sei denn, ich schließe die Augen oder richte meinen Blick auf ein Detail, zum Beispiel auf die roten Gladiolen neben dem blauen Sofa der sich innig Liebenden. Auch das Tempo des Films, die Länge der Liebesszene kann ich als Zuschauer nicht bestimmen. Ich sehe mir den Film an, dann verlasse ich das Kino.

Als Filmliebhaber möchte ich nicht in Spielfilmen herumspulen. Ich will sie ganz sehen. Aber im Internet und auf meinem Handy werde ich zum Operateur. Ich konsumiere Podcasts und Videos in Ausschnitten, beschleunige, spule zurück. Das kann interessant und aufschlussreich sein.

Der Filmwissenschaftler Johannes Binotto zeigt in seinen brillanten Video-Essays, wie sich unsere Sehgewohnheiten über die Jahrzehnte verändert haben. Jeder Film steht in einem zeitlichen, gesellschaftlichen und technischen Kontext. So bin ich es gewohnt, dass jeder Film einen Anfang und ein Ende hat. Das war nicht immer so. Auf den ersten optischen Geräten drehten sich die Bilder im Kreis. In den Kinos wurden früher Filme im Doppelpack gezeigt, ohne feste Programmzeiten. Die Leute kamen und gingen, sahen Teile von Filmen oder blieben sitzen, bis sie alles gesehen hatten. Irgendwann war es mit dieser Form des Kinos vorbei. War das ein Verlust für die Filmkultur? Was wäre, wenn es keine Kinos mehr gäbe?

Das individuelle Streaming von Filmen zu Hause eröffnet zwar eine größere Auswahl an guten Filmen, aber ich würde es wohl bedauern, wenn das gemeinsame Erleben von Filmen in einer öffentlichen Umgebung verloren ginge.

London is calling

Eine kurze Reise nach London, zum ersten Mal seit Covid. Die Fahrt vom City Airport in die Stadt verläuft reibungslos. Mit meiner Kreditkarte kann ich ohne Probleme U-Bahn und Bus fahren. Mein Ziel ist Notting Hill. Ich spaziere durch das Viertel, in dem ich 1977 eine ethnographische Feldforschung durchgeführt habe: Portobello Road – Powis Square – Ladbroke Grove – Golborne Road – Kensal Town. Über Kopfhörer höre ich die sehnsuchtsvollen und tranceartigen Melodien von Van Morrisons Album ‚Astral Weeks'. Besonders ‚Slim Slow Slider' versetzt mich zurück in das Hippieviertel von damals, Ladbroke Grove. Es stimmt mich wehmütig. Das Wetter ist trüb und bewölkt.

An der Ladbroke Grove Station stoße ich auf das ‚Grenfell Tower Memorial'. Hier ereignete sich 2017 eine schreckliche

Tragödie, als ein 24-stöckiger Wohnturm mit Sozialwohnungen in Flammen aufging. Das Feuer breitete sich innerhalb weniger Minuten über die schlecht isolierte Fassade aus und kostete 72 Menschen das Leben, darunter viele Migrantinnen und Migranten.

Ich verlasse die Gedenkstätte, ziehe weiter. Die Portobello Road wird vom Tourismus geprägt, aber das Viertel hat es trotzdem geschafft, seine kulturelle Vielfalt zu bewahren. In der Golborne Road sehe ich, wie die Gentrifizierung voranschreitet: Stylische Möbelgeschäfte mit Ateliers und andere schicke Läden verdrängen die Geschäfte der Immigranten. Dennoch mischen sich im Straßenbild noch immer Menschen aus verschiedenen sozialen Schichten. Wohlhabende junge Leute müssen sich hier trotz ihres Geldes behaupten und ihren Platz in diesem kosmopolitischen Viertel finden.

Spaziergang durch das Hochhausviertel Kensal Town. Hier habe ich an einem Community-Video- und Fotoprojekt teilgenommen. Zusammen mit Gruppen aus der lokalen Bevölkerung produzierten wir Filme und kleine Ausstellungen über soziale Brennpunkte im Hochhausviertel. Mein erstes Oral-History-Video drehte ich mit Jack, einem Rentner. Damals erzählte er, wie es hier aussah, lange bevor die Hippies Einzug hielten: „Meine Mutter arbeitete als Wäscherin. Von acht Uhr morgens bis spät abends war sie unterwegs. In unserem Haus gab es zwei Zimmer. Dort haben wir zusammen geschlafen, gekocht und gegessen. Meine Brüder und meine Schwester schliefen alle in einem Bett. Nachts hatten wir Öllampen. Samstags musste ich mich um den Haushalt kümmern. Wenn ich um vier Uhr nachmittags fertig war, bekam ich einen halben Penny, um Süßigkeiten zu kaufen."

Ich freue mich, dass es in Kensal Town auch heute noch Kulturschaffende gibt, die wie wir damals partizipatorisch mit Medien arbeiten und Community-Arts-Projekte realisieren. Außerdem werden gerade zwei Hochhäuser renoviert, um die Fassaden zu erneuern – damit sich die Tragödie nicht wiederholt!

Jetzt freue ich mich auf ein Wiedersehen mit Alex. Er war damals als Fotograf in unserer Gruppe. Er wohnt immer noch in derselben Straße, in einer der letzten Wohnbaugenossenschaften, die noch vor Margaret Thatchers Regierungsantritt 1980 gegründet werden konnten. Thatcher hat dann den kommunalen Wohnungsbau weitgehend privatisiert.

In einem Restaurant treffe ich Alex und eine Freundin. Sie hilft Alex, der allein lebt und nicht mehr so gut zu Fuß ist. Wir unterhalten uns, als hätten wir uns erst gestern gesehen. Nach zwei Stunden kehre ich beschwingt in mein Airbnb in der Nähe der U-Bahn-Station Notting Hill zurück. Ich gönne mir ein Stück Spinat-Ziegenkäse-Kuchen.

Vor dem Schlafengehen schreibe ich noch diese Mail an Alex:

„Du siehst immer noch jung aus, Alex. Offensichtlich fühlst du dich wohl. Vielleicht liegt es an deinem Hintergrund – du bist an Veränderungen gewöhnt. Es war schön, heute noch einmal deine Geschichte zu hören: über deine Eltern aus Harlem, New York, und Trinidad. Der Umzug nach British Guyana. Die Rückkehr nach New York, als du noch ein Junge warst. Deine Auswanderung nach London mit zwanzig. Wie du dich in der Lancaster Road niedergelassen hast und Mitglied einer Wohnbaugenossenschaft wurdest, die es noch heute gibt. Wow, du passt so gut in dieses kosmopolitische Viertel!"

„Du hast mich heute daran erinnert, wie heruntergekommen dieses Viertel in den Siebzigerjahren war. Niemand wollte hier wohnen. Und jetzt hast du wohlhabende Nachbarn. Alle Häuser sind renoviert. Ein bunter Anblick mit grünen, dunkelvioletten, hellblauen und roten Fassaden. Wir beobachten eine Gruppe von Kindern, die vor einem der Häuser für ein Foto posieren. Ich frage mich, wer diese Häuser aus der viktorianischen Zeit gebaut und bewohnt hat."

„Bei unserem Treffen habe ich aus meiner Autobiografie mit dem Titel ‚Video: Ich sehe!' die Stelle zitiert, in der du einmal gesagt hast, wie wichtig es ist, über sich selbst nachzudenken, um ein sinnvolles Leben zu führen. Und du hast lakonisch geantwortet: ‚Ja, und jetzt machen wir genau dasselbe! Wir fragen uns, was aus uns geworden ist, was gut war. Was haben wir erreicht? Und was liegt noch vor uns?'"

„Es freut mich zu hören, dass du gut vernetzt bist und dich regelmäßig mit deinen Freunden triffst. Schließlich war es Zeit, sich zu verabschieden. Ich habe dir aus dem Stuhl vor dem Restaurant geholfen und habe gemerkt, wie groß du bist! Du hast nach Halt gesucht, bis du den Stock fest umklammert hattest, um dich zu bewegen. Wir gingen die Straße entlang. Du hast auf einen elektrischen Rollstuhl gezeigt und gesagt: ‚So einen brauche ich auch bald!' Ich hoffe, dass du auch in Zukunft unabhängig leben kannst – in deiner geliebten Lancaster Road!"

Ich nehme diese Erinnerungen an den Besuch bei meinem Freund Alex gerne mit nach Hause und bin nun wieder mit London und meiner aufregenden Vergangenheit in dieser Stadt verbunden.

März 23

Ein neues Mandat

Die Diskussion um die Bührle-Bilder im Kunsthaus Zürich reißt nicht ab. Ende letzten Jahres wurden Rücktrittsforderungen gegen den Direktor des Kunsthauses laut. Zudem wurden Antisemitismusvorwürfe gegen den Präsidenten der Bührle-Stiftung bekannt. Eine renommierte Künstlerin will ihre Bilder nicht mehr im Kunsthaus Zürich sehen. Die Kritik am Umgang mit den Bildern aus der Sammlung des Waffenfabrikanten Emil Bührle nimmt kein Ende.

Nun wird die Herkunft der Werke aus der Sammlung Bührle im Kunsthaus Zürich von unabhängigen Experten überprüft. Wie bekannt wurde, soll der Schweizer Historiker Raphael Gross, Präsident des Deutschen Historischen Museums, das Projekt leiten. Aus einer Medienmitteilung der IG Transparenz geht hervor, warum es wichtig ist, Licht in die Sammeltätigkeit von Emil G. Bührle zu bringen.

Die IG Transparenz freut sich, dass die Provenienzforschung mit der Beauftragung von Raphael Gross eine Kontextualisierung erfährt, die sich hoffentlich auch auf die Provenienzforschung in anderen Museen und Stiftungen auswirkt.

Die IG Transparenz würde es begrüßen, wenn Raphael Gross nach einer Einarbeitungszeit die Öffentlichkeit über seine Methodik, seinen Forschungsansatz und erste Zwischenergebnisse informieren würde.

Meine Schweiz

Medienberichte häufen sich: Die Credit Suisse vor dem Aus! Muss der Staat sie retten? Wie sicher sind unsere Banken?

Was passiert auf den internationalen Finanzmärkten? Schlägt die neue Krise wie die Pandemie auf die Realwirtschaft durch und wirbelt unser Leben durcheinander? Inmitten der Nachrichtenflut über die Bankenkrise frage ich mich, was es für mich bedeutet, in einem kleinen Land wie der Schweiz zu leben. Wie nehme ich die Schweiz wahr?

Seit dem Wiener Kongress 1815 hat sich das Territorium der Schweiz keinen Zentimeter verändert. Und seit ihrer Wiedergründung 1848 ist die Schweiz trotz aller Kritik ein Paradebeispiel für ein gut funktionierendes demokratisches Staatswesen. Unsere Institutionen funktionieren zuverlässig wie ein Schweizer Uhrwerk und erbringen qualitativ hochstehende Dienstleistungen. Sie sind flexibel genug, um auf neue Bedürfnisse und technologische Veränderungen zu reagieren.

Ich kaufe gerne bei Migros und Coop ein. Bus, Tram und Bahn sind meine bevorzugten Verkehrsmittel. Und wenn es um meine Gesundheit geht, kann ich mich auf die Spitäler und meine Hausarztpraxis verlassen. Ich lebe gerne in Zürich.

Meine Wahrnehmung ist vor allem lokal geprägt. Für mich spielt es eine untergeordnete Rolle, ob ich in den USA, in Großbritannien, in Italien oder in der Schweiz lebe. Entscheidend ist, dass ich mich an einem Ort sicher fühle, meine Meinung frei äußern und meine Ideen einbringen kann.

Ich schätze die Vorzüge der Schweiz. Was ich mir aber wünsche, ist eine Schweiz, die sich gerade wegen ihrer privilegierten Stellung in der Welt solidarischer verhält. Eine Schweiz, die den Finanzsektor fair umgestaltet. Dabei sollen nicht nur die Interessen der Großbanken, sondern auch die Bedürfnisse der breiten Bevölkerung im In- und Ausland berücksichtigt werden. Transparenz, Regulierung und Aufsicht sind für mich das A und O eines fairen und zugänglichen Finanzplatzes Schweiz.

Eine solidarische Schweiz bekämpft Ungleichheiten und lässt niemanden im Stich. Wir müssen Bildung und Ressourcen für Menschen mit niedrigem Einkommen bereitstellen. Das ist eine Frage der Gerechtigkeit. Bei der Neugestaltung des Finanzplatzes sollten alle relevanten Akteure einbezogen werden.

Mut zum Wandel

Die Schweiz ist ein kleines Land mit mächtigen Banken wie UBS und Credit Suisse, deren Bilanzsumme das Doppelte des Bruttoinlandprodukts übersteigt. Per Notrecht werden diese Banken jetzt zur Fusion gezwungen. Das wirft Fragen auf: Haben die Bürgerinnen und Bürger in einem so kleinen Land überhaupt noch Einfluss? Sind unsere demokratischen Instrumente stumpf geworden? Ein Blick in die Geschichte zeigt jedoch, dass die Schweiz schon immer den Mut zur Veränderung hatte, und das stimmt mich hoffnungsvoll. Ich beziehe mich auf Jakob Tanners ,Geschichte der Schweiz im 20. Jahrhundert'.

Während der Industrialisierung ermöglichte die Eisenbahn den raschen Austausch von Gütern und Personen über die alten Kantonsgrenzen hinweg, ohne lästige Zölle. Alfred Escher, der einflussreiche Zürcher Eisenbahnkönig und Gründer der Schweizerischen Kreditanstalt (Credit Suisse), betonte die Bedeutung des Kapitals für die industrielle Entwicklung. Gleichzeitig erkämpfte sich die Schweiz eine demokratische Verfassung und definierte sich als Willensnation, die auf politischer Selbstbestimmung und gemeinsamen Interessen beruhte und nicht auf einer ethnisch geprägten Herrschaftsstruktur.

Dennoch gab es Herausforderungen. Die Schweiz musste verschiedene politische Strömungen von konservativ über liberal bis sozialistisch unter einen Hut bringen. Minderheiten wie Juden und Fahrende wurden lange ausgegrenzt, Frauen hatten im „eidgenössischen Männerbund" keinen Platz. Die direktdemokratischen Volksrechte zeigten ihre problematische Seite, etwa beim Schächtverbot, das einen latenten Antisemitismus offenbarte.

Trotz dieser Schwierigkeiten war die junge Schweiz ein „Laboratorium" und ein „Experimentierfeld". Diese Experimentierfreude könnte das Land auch heute voranbringen. Der Schriftsteller Gottfried Keller hat einmal gesagt: „Die heutige Republik, die nur eine bürgerliche mit gleichen Rechten sein kann, besteht im modernen Leben nur mit einer gewissen Einfachheit und Ehrbarkeit."

Seine Worte erinnern mich daran, dass eine demokratische Gesellschaft nur auf der Grundlage ethischer Werte existieren kann. Keller erkannte auch die Gefahren des übermäßigen Konsums und der Umweltbelastung. Er sagte: „Es wird eine Zeit kommen, wo der schwarze Segen der Sonne unter der Erde aufgezehrt ist, in weniger Jahrhunderten, als es Jahrtausende gebraucht hat, ihn anzuhäufen. (…) Dahin führt das wahnsinnige: mehr, mehr! Immer mehr!"

Die Schweiz kann auf eine reiche Geschichte des Wandels zurückblicken. Der Mut zur Veränderung und die Rückbesinnung auf ethische Werte können auch heute der Motor für eine bessere Zukunft sein.

Ich schließe meinen historischen Rückblick mit der Frage: Was macht die Demokratie in der Schweiz aus? Wo zeigt sie ihre Stärken und wo stößt sie an ihre Grenzen?

Jakob Tanner macht deutlich, dass die Idee der Volkssouveränität nach wie vor Bestand hat und nicht besiegt werden kann. Aber man kann sie angesichts der Zwänge, wie sie die von der Schweiz aktiv vorangetriebene wirtschaftliche Integration auf europäischer und internationaler Ebene mit sich bringt, nicht einfach propagandistisch verabsolutieren, sonst verkommt sie zum Ressentiment gegen das „böse Ausland", das einem schönen kleinen Land etwas Wertvolles wegnehmen will. Abhängigkeit begrenzt Souveränität.

Die Vorstellung einer absoluten Volkssouveränität erweist sich damit als unrealistisch. Will die Schweiz auf internationaler Ebene Vorteile erzielen, muss sie gleichzeitig wesentliche Grundsätze der europäischen Integration akzeptieren. Dazu gehören die gegenseitige Unterstützung der Staaten bei der Bekämpfung von Korruption und Steuerhinterziehung sowie die Abstimmung mit der EU bei der Personenfreizügigkeit. Und hier muss sich auch die EU flexibel zeigen.

Die Vision vom souveränen Kleinstaat Schweiz wird keine großen Erfolge feiern. Die Entwicklung des Landes war immer von Vielfalt und Widersprüchen geprägt. Das Spannungsfeld zwischen Demokratie, Kapitalismus und nationalen Mythen, die unser kollektives Gedächtnis prägen, ist nach wie vor aktuell.

Wann wird die Schweiz ihre Position im internationalen Staatensystem und in Konfliktsituationen realistischer einschätzen?

Vor kurzem feierte meine Mutter ihren 97. Geburtstag. Wir trafen uns alle in Maienfeld, ihrem Geburtsort. Ich las aus ihren Schulaufsätzen vor, die sie 1940/41 geschrieben hatte. Sie war damals war 14 Jahre alt.

Ihr Lehrer hatte den Schülern aufgetragen, ein Jahr lang Tagebuch zu führen. Er sammelte sie regelmäßig ein und korrigierte sie.

Meine Mutter, Anni Nigg-Bernhard, hat ihr Tagebuch all die Jahre aufbewahrt. Heute ist es ein spannendes Dokument aus der Zeit des Zweiten Weltkriegs. Durch ihre Augen erfahren wir viel über das Leben in einer kinderreichen Bauernfamilie, über die Schule und die Kriegsängste jener Zeit.

Montag, 12. Mai 1940: „In großen Buchstaben stand in der Zeitung: Schwere Bombennacht über London. Wieder hatten die Deutschen ihre Bomben auf die Weltstadt London abgeworfen. Wie es scheint, hat sie wieder großen Schaden erlitten. Aber warum veröffentlicht man es immer wieder, wie viel Schaden der Feind angerichtet hat?"

Freitag, 16. Mai 1940: „Als ich am Herd stand und Kaffee machte, huschte mir so mancherlei durch den Kopf. Wie es mir wohl gehen würde, wenn ich in einer großen Stadt, wie etwa London oder gar New York, leben müsste. Hu, was für ein Gedanke! Das wäre, glaube ich, nicht zum Aushalten. Da würde man keine Berge sehen. Und der Sonne würde man wohl auch nicht zusehen können, wie sie auf- und untergeht. Man wäre eingepfercht zwischen großen Häusern, ja sogar Wolkenkratzern. Weg mit den dummen Gedanken, und pass auf mich auf, zischte der Kaffee, von dem ein Gutsch schon über den Pfannenrand gesprungen war."

Dienstag, 20. Mai 1940: „Ach, es will und will nicht recht, dieses Eck, schimpfte ich. In den Händen hielt ich ein zerrissenes Knabenhemd und sollte nun die Ärmel flicken. Ich konnte es drehen, wie ich wollte, es stimmte einfach nicht. Dann warf ich es zornig auf den Tisch, riss das Fenster auf und schaute hinaus. Jetzt kam mir in den Sinn, dass nicht das Hemd daran schuld war. Ich nahm mir vor, es in aller Ruhe und mit Geduld zu machen. Und diesmal ging es!"

Montag, 26. Mai 1940: „Gibt's Neuigkeiten, dachte ich und schaute vom Küchenfenster aus einem Soldaten entgegen. Es war ein älterer Mann. Er war in einen Brief vertieft. Dieser wird wohl von zu Hause sein. Jetzt lächelt er. Also muss es eine erfreuliche Nachricht sein."

Sonntag, 1. Juni 1940: „Ich erwachte schon um fünf Uhr, ohne dass mich die Mutter gerufen hatte. Ach, es wird wohl regnen heute, dachte ich und schaute vom Bett zum Fenster hinaus. Die ‚Bälka' hatte ich am Abend offengelassen. Ist der Himmel grau oder blau?, fragte ich mich und sprang aus dem Bett. Er war blau. Hei, war ich schnell angekleidet. Ich hörte, dass die Mutter auch aufstand. Bleib nur noch liegen, rief ich leise hinunter, denn die anderen Geschwister schliefen noch. Dann feuerte ich in der Küche an. Was sollte ich rüsten? Doch da war Mutter auch aufgestanden und half mir schnell. Ich hatte Reisefieber, denn heute gingen wir mit der Schule nach ‚Fadära'. Um sieben Uhr versammelten wir uns bei Elsbeth und wanderten frohen Mutes gegen Jenins. Bald waren wir in Malans. Nun begann der Aufstieg. Oben ging es auf den noch nassen Weglein durch die Narzissenfelder. Alle wollten die schönsten und größten Narzissen sehen. Die Morgensonne trocknete bald die Wiesen. Wir suchten uns ein schönes Plätzchen und verbrachten den Tag mit Lachen und Singen.

Müde, aber glückliche Menschenkinder kehrten am Abend nach Hause."

Dienstag, 8. Juli 1940: „Nach Feierabend musste ich den Garten gießen. Ich sah, dass das Unkraut hochgeschossen war. Ich begann es auszureißen. Mein Bruder Christi kam in den Garten. Das erstaunte mich. Selten interessiert sich ein Bub für Gartenarbeit. Oder hatte er Hintergedanken? Könntest du mir helfen, anstatt nur zuzuschauen, sagte ich zu ihm. Also, was soll ich tun? Etwa diese Stauden da begießen?, fragte er mich und deutete auf die Astern. Dann könnte ich dir Wasser herauftragen, sagte er in dienstfertigem Ton. Schau, schau, mein Brüderlein will mir helfen, dachte ich. Aber ich hatte mich verrechnet. Kaum hatten die ersten Astern das ersehnte Nass erhalten, erhielt ich selbst unerwartet eine große Dusche. Ich war pudelnass und Christi lachte. Ich war wütend: Warte nur! Ich sprang ihm nach, doch er stellte mir die Gießkanne in den Weg. Ich und die Gießkanne flogen zu Boden. Mutter, die gerade zu uns stieß, stimmte ins Gelächter ein. Ach was, dachte ich und stand auf, bei Gelegenheit zahle ich es ihm zurück."

Mittwoch, 16. Juli 1940: „Ich wache auf, als drüben jemand aus dem Bett geflogen war. Ich höre, wie er wieder ins Bett hineinkrabbelt. Auf einmal muss ich an den Hitler denken. Der wird gewiss nicht schlafen können vor lauter Gewissensbissen und Angst. Oder er studiert an einem neuen Kriegsplan. O, diesem Menschen möchte ich einmal tüchtig meine Meinung sagen. Oder ist er nicht doch ein armer Mensch? Er glaubt an gar nichts. Wird ihm vielleicht nicht alles befohlen, was er tun muss? Und doch ist er kein Mann, sonst würde er anders handeln."

Montag, 1. September 1940: „Der Käse wird rationiert!, stand heute in der Zeitung. So, so, an den Käse habe ich gar nicht gedacht. So wird es nun weitergehen, bald vielleicht mit dem Brot und der Milch. Auf dem Lande haben wir es doch noch etwas besser als die Städter. Eigentlich geschieht es ihnen recht. Wie spotteten sie doch über den dummen Bauern, als sie alles noch in Hülle und Fülle hatten. Nun werden sie ihn vielleicht mehr achten."

Montag, 20. Oktober 1940: „Heute fängt die Winterschule an. Es ist mein letzter Winter in der Schule. Wie die Zeit vergeht! Am kommenden 3. April werde ich konfirmiert. Es ist kurios. Manchmal bin ich bedrückt, wenn ich an all das Traurige denke, das mich im Leben erwartet. Dann wieder mag ich kaum warten, bis wir raus in die Welt können, um zu lernen und Neues zu erleben. Wer weiß, was noch alles kommt."

Donnerstag, 30. Oktober 1940: „Heute müssen Robert und Albert Löbli hinaus nach Deutschland. Der Führer hat sie gerufen. Diese armen Menschen! Ob sie wohl wieder zurückkommen? Der eine muss sofort an die Front und der andere muss noch eine kurze Rekrutenschule machen. Ich ginge nicht."

Sonntag, 9. November 1940: „O, wieder einmal schönes Wetter. Wie herrlich sah der Falknis aus. Mit seinem weißen Kleid aus Schnee stach er wunderschön vom tiefblauen spätherbstlichen Himmel ab. In der Kirche huschten ein paar Sonnenstrahlen über den schwarzen Mantel des Pfarrers. Am Nachmittag spazierten wir über den ‚Wilhelm'. Es war sehr luftig. Dann saßen wir auf Kuonis Bänklein, bis es uns zu kalt wurde."

Dienstag, 11. November 1940: „Wir saßen fröhlich beisammen in der warmen Stube. Alle Geschwister waren am Lernen. Nur Mutters Stricknadeln hörte man und hie und da einen Seufzer. Da? Alle sprangen auf, denn unten im Hof war ein ‚Plärren' zu hören. ‚Härje!', ein herziges Lämmchen war gerade geboren."

Donnerstag, 20. November 1940: „Heute sind wir mit unserem ‚Veh' aufs Maiensäß ‚Maguters' gezügelt. Meine Brüder Christi und Albi werden es durch den Winter wieder streng haben. Doch sie lachen nur. Da Vater Holzfuhren besorgen muss, kann er nicht selbst das Veh füttern. Am späteren Nachmittag kam es mir und Bruder Pauli in den Sinn, dass wir noch die Milchtause hinauf nach ‚Maguters' tragen sollten. Albi fiel wegen einer Blutvergiftung aus. So musste also ich ‚dran glauben'. Als es halb sechs Uhr läutete, waren Pauli und ich schon beim Kreuzweg. Es wurde immer dunkler. Immer mehr Lichter blitzten unten im Tal auf. Kein Lüftchen regte sich. Nur keine Angst haben, dachte ich. Ich begann an meinem Vortrag für die Schule herumzustudieren. Bald langten wir am Ziel an. Christi empfing uns nicht gerade in bester Laune. Was war ihm über die Leber gekrochen? Also machten Pauli und ich uns bald wieder aus dem Staub. Den ‚Buchstumpen' hinunter war es so dunkel, dass man den Weg mit den Füßen ertasten musste. Ein anderes Mal nehmen wir eine Laterne mit, jammerte Pauli, dem es nicht geheuer war. Beim Tragen der mit Milch gefüllten Tause wechselten wir uns ab. Beim Martinsbrunnen mussten wir fürchterlich aufpassen, dass wir nicht über eine Baumwurzel oder einen Stein stolperten. Wir waren froh, dass wir heil nach Hause kamen."

Dienstag, 9. Dezember 1940: „Der ‚Zweite Weltkrieg' stand heute in großen Buchstaben in der Zeitung. Ich war überrascht zu erfahren, dass Japan Amerika angegriffen hatte. Also wieder eine Erweiterung des Krieges! Es war eine Frechheit ohnegleichen, eine Großmacht wie Amerika anzugreifen. Das ist für mich unerwartet. Ich glaubte, Amerika werde nach Europa kommen, um hier Ruhe zu schaffen."

Donnerstag, 1. Januar 1941: „Wird es ein gutes oder ein schlimmes Jahr? Diese Frage beschäftigte viele Menschen am heutigen Tag. Das Bild der Zukunft ist trüb und verhängt, der Schritt ins Weite beengt. Doch man muss auch an das Beresina-Lied denken: Mutig, mutig, liebe Brüder, gebt das bange Sorgen auf. Morgen steigt die Sonne wieder freundlich an dem Himmel auf."

April 23

Plantagen auf Kuba

Vor kurzem veröffentlichte der Guardian, eine der angese-
hensten linksliberalen Zeitungen Großbritanniens, einen
Artikel mit dem Titel ‚Das Band, das uns verbindet'. Darin
wird die Verbindung der Zeitung mit der Sklaverei beleuchtet. Der Guardian gibt offen zu, dass der Wohlstand seines
ersten Herausgebers, John Edward Taylor, zu einem großen
Teil auf den Einnahmen aus der Baumwollindustrie in Man-
chester beruhte. Die Stadt unterhielt intensive Handelsbezie-
hungen zu den amerikanischen Baumwollplantagen, auf
denen Millionen von versklavten Afrikanerinnen und Afri-
kanern arbeiteten. Die heutigen Herausgeber des Guardian
sehen sich nicht nur als Erben dieses durch Sklaverei erwirt-
schafteten Vermögens, sondern übernehmen auch Verant-
wortung für diese Verbindung.

Doch der Guardian begnügt sich nicht mit einer bloßen Ent-
schuldigung für diese menschenverachtenden Verbrechen.
Die Zeitung setzt sich aktiv für Wiedergutmachung ein. Sie
identifiziert die Nachkommen der Sklaven in Jamaika und
auf den Sea Islands (South Carolina, Georgia, Florida) und
stellt Gelder für lokale Community-Projekte zur Verfügung.
Darüber hinaus unterstützt der Guardian weitere For-
schungsarbeiten und unternimmt konkrete Schritte zur För-
derung der Vielfalt im Unternehmen und in der Berichterstattung.

Die Artikelserie ‚Cotton Capital' des Guardian fordert dazu
auf, die Vergangenheit neu zu bewerten und nach einer zeit-
gemäßen nationalen Identität zu suchen, die den wahren
Ursprung des Reichtums aus der Sklaverei berücksichtigt.

Die Sklaverei war ein weltweites Phänomen, von dem auch die Schweiz und insbesondere zahlreiche Zürcher Unternehmerfamilien profitierten. Eine von der Stadtregierung in Auftrag gegebene Studie der Universität Zürich untersucht die Verbindungen Zürichs und seiner Bürger zur Sklaverei.

Alfred Escher, Gründer der Credit Suisse, hatte über seine Familie eine Verbindung zu einer Plantage in Kuba. Seine beiden Onkel reisten um 1820 nach Kuba und betrieben dort die Plantage Buen Retiro, auf der 80 Sklaven lebten. Historiker der Universität Zürich untersuchen derzeit, wie die Familie Escher von der Sklaverei profitierte und welche Auswirkungen dies auf Alfred Eschers Unternehmungen hatte.

Mit der Beteiligung von Alfred Eschers Großvater an zwei Sklavenschiffen im 18. Jahrhundert waren sogar drei Generationen der Familie Escher am Sklavenhandel beteiligt. Unklar ist allerdings, wie viel Gewinn die Familie tatsächlich aus diesen Geschäften zog.

Nun stellt sich die Frage, was mit dem Denkmal von Alfred Escher auf dem Bahnhofplatz geschehen soll. Zurzeit läuft im Stadthaus eine Ausstellung, die Zürichs Verbindungen zum Sklavenhandel beleuchtet. Klar ist: Die Vergangenheit wird aufgearbeitet.

Ein Nazi-Denkmal in Chur

Ein Nazi-Mausoleum in der Bündner Kantonshauptstadt löst eine Diskussion über den Zweiten Weltkrieg aus: Wer war die deutsche Kolonie in der Schweiz? Wie wurde sie überwacht? Da ich aus der Region stamme, hörte ich mir eine Radioreportage an. Die Reporterin stellte die Frage: Wie ging die Bevölkerung mit der akuten Bedrohung durch das nationalsozialistische Deutschland um?

Mitten in der Kleinstadt Chur steht inkognito ein nationalsozialistisches Denkmal. Das Mini-Mausoleum wurde 1938 auf dem Friedhof errichtet. Wie kam dieses Nazi-Denkmal nach Chur? Warum machten die Nationalsozialisten Propaganda mit den Gefallenen des Ersten Weltkriegs?

Reporterin Stefanie Hablützel spricht mit Zeitzeugen, die sich an Sprüche wie „Heute gehört uns Deutschland, morgen die ganze Welt" erinnern. Das Denkmal erinnert an Deutsche aus Chur und Umgebung, die im Ersten Weltkrieg gedient haben und gefallen sind, sowie an deutsche Soldaten, die in der Schweiz interniert waren. Auftraggeber des Denkmals war der ‚Volksbund für Deutsche Kriegsgräberfürsorge'. Für Hitler hatten die Gefallenen des Ersten Weltkrieges eine große Bedeutung. Sie dienten ihm als Helden für das Dritte Reich.

Die Reporterin nimmt telefonischen Kontakt mit dem Nachfahren eines der Soldaten auf. Für den Enkel des Verstorbenen – er lebt in Pforzheim – ist sein Großvater ein großes Fragezeichen. Er wusste nicht, dass sein Großvater im Ersten Weltkrieg gekämpft hat und in der Schweiz gestorben ist. Seine Großmutter hat nie darüber gesprochen. Die Reporterin erhält im Staatsarchiv Graubünden Einsicht in das Sterberegister. Dort steht, dass der Großvater des Enkels am 22. Juni 1917 um 21 Uhr im Stadtspital Chur an einer Darmlähmung gestorben ist. Die Reporterin blättert weiter. Auch andere Internierte starben an Krankheiten, unter anderem an der damals grassierenden Spanischen Grippe. Die Stadt Chur gestattete dem Volksbund für Deutsche Kriegsgräberfürsorge, auf dem Friedhof ein Familiengrab für die deutschen Toten zu errichten – für sechzig Jahre.

Wie präsent waren damals die Nationalsozialisten? 1942, auf dem Höhepunkt der deutschen militärischen Erfolge, war etwa die Hälfte der rund 80'000 Deutschen in der Schweiz in nationalsozialistischen Organisationen engagiert. Rund 2500 Kinder waren in Jugendorganisationen aktiv. Wer nicht Mitglied der deutschen Kolonie werden wollte, erhielt keine Unterstützung. Reisepapiere wurden nicht verlängert, wenn die Kinder nicht in der Hitlerjugend waren. 1933 verbot der Bundesrat das Tragen von Parteiuniformen, 1938 wurden Maßnahmen gegen staatsgefährdende Aktivitäten ergriffen. Die Aktivitäten der deutschen Kolonie wurden jedoch weitgehend toleriert. So ist es verständlich, dass die Errichtung des Nazi-Denkmals in Chur kaum auf Widerstand stieß.

Nach Kriegsende wurden im Rahmen der sogenannten Säuberungsaktionen 2200 Deutsche des Landes verwiesen. Doch noch 1955 kümmerte sich der Volksbund für Deutsche Kriegsgräberfürsorge um die Renovation des Denkmals.

Urs Marti, Stadtpräsident von Chur, sagt, die unrühmliche Geschichte des Mausoleums sei einfach unter den Teppich gekehrt worden. Niemand hat hingeschaut. Das Denkmal wurde in einer Zeit errichtet, in der man dem Deutschen Reich gegenüber zu nachsichtig war. Das Nazi-Denkmal wird wohl stehen bleiben und mit einer Informationstafel historisch kontextualisiert – als Geschichtsvermittlung im öffentlichen Raum.

Welches Fazit zieht der Stadtpräsident? Er sieht die Auseinandersetzung mit dem Nationalsozialismus als Chance, das Bewusstsein für den Umgang mit Machtpolitik zu schärfen. Es sei wichtig, frühzeitig Widerstand zu leisten, wenn Länder versuchten, sich mit militärischen Mitteln territorial auszudehnen. Dies sei in den Dreißiger- und Vierzigerjahren viel zu wenig geschehen. Das Nazi-Denkmal solle als Mahnmal dienen. Die Churer Stadtregierung wartet nun die Reaktionen der Bevölkerung ab, bevor sie eine Entscheidung trifft.

Zeitzeuginnen erinnern sich

Wie reagierte die einheimische Bevölkerung auf die Bedrohung durch das nationalsozialistische Deutschland? Hätte sie sich vor einem Angriff aus dem Norden schützen können? Meine Mutter, Jahrgang 1926, stammt aus einer Bauernfamilie und wuchs unweit von Chur im Städtchen Maienfeld auf, dem Heimatort von Heidi, der Hauptfigur aus Johanna Spyris Kinderbuch. Über die Zeit, als der Einmarsch der deutschen Truppen unmittelbar bevorstand, schreibt meine Mutter, Anni Nigg-Bernhard, in ihrem Lebensbericht:

„Es war alles organisiert. Im Ernstfall wäre ganz Maienfeld evakuiert worden. Meine Familie wurde auf den Heinzenberg im Domleschg eingeteilt – mit genauen Adressen, wo und bei wem. Für unsere kleinen Geschwister bekamen wir je ein Rucksäckli mit Teller, Besteck und anderen Kleinigkeiten. Für Thomi, den Jüngsten, war auch sein Teddybär dabei. Die beiden großen Brüder Christi und Albi hätten unser Pferd sofort in Sargans dem Militär abliefern müssen. Dann hätten sie unser Vieh ins Oberland getrieben. Unsere Familie wurde getrennt: Mama mit den Kleinen und ich als Älteste mit den Großen. Auf der Landstraße wären wir Richtung Landquart gezogen. Meine Nana weigerte sich mitzukommen: Ich bleibe hier!"

„Dann kam der 10. Mai 1940. Am Vorabend wurden wir gewarnt. Der Briefträger verkündete, wer schon in die Sicherheit der Bündner Berge abgereist war. Es waren Frauen aus besseren Familien, die schnell zu fliehen wussten. Wir bereiteten alles vor, holten die alten Truhen hervor, verstauten alles, was uns wertvoll war. Wohin damit? Wir stellten sie in eine Ecke der Stube und deckten sie zu."

„Es wurde Abend, dann Nacht. Um nach dem Sirenenalarm sofort aufstehen und packen zu können, schlief ich bei Mama im Bett meines Vaters, der als Soldat an der Grenze war. Es wurde Morgen, ein herrlicher Frühlingstag. Mama und ich sahen uns ungläubig an: Sind wir noch hier? Was war geschehen? Wie durch ein Wunder waren wir vom Krieg verschont geblieben."

Anni Nigg-Bernhard ist mit ihren Beobachtungen über die damalige Bedrohungslage nicht allein. Mehr als fünfhundert Zeitzeuginnen und Zeitzeugen haben sich in einer Oral History über die Zeit zwischen 1939 und 1945 geäußert. Dem Tag der Ungewissheit im Frühjahr 1940 ist auch ein Kapitel der Buchpublikation ‚Landigeist und Judenstempel' gewidmet. Ich finde darin Aussagen von Frauen, die älter sind als meine Mutter. Ihre Aussagen machen deutlich, dass die Stimmung damals zwischen Zuversicht und Angst schwankte.

Hildegard Janser (*1920, Chur): „Als Serviertochter im Bahnhofbuffet Chur war ich für viele eine Art Soldatenmutter. Ich munterte manchen Soldaten wieder auf. Es waren ja nicht immer alle guter Laune, vor allem die Bauern nicht, wenn sie zu Hause alles liegen und stehen lassen und ihre Frauen allein den Hof führen mussten. Die Frauen der Bauern mussten wahnsinnig viel arbeiten. Manchmal wurde eine krank, und die Männer bekamen nicht immer Urlaub."

Rosa Binder (*1905, Rekingen am Rhein): „Es gab schon Leute, die grausame Angst hatten, aber ich fühlte mich beschützt von der Armee. Bei uns an der Grenze in Rekingen war das

Militär immer präsent. Wenn die Deutschen uns angegriffen hätten, wären die Soldaten mit uns geflüchtet. Sie hätten uns von der Grenze weg ins Landesinnere gebracht."

Ursula Geiger (*1919, Beggingen): „Ich hörte auf meinen Vater, der sagte: Du musst keine Angst haben, es kommt schon gut. Wir saßen jeweils am runden Familientisch, und er beruhigte alle. General Guisan macht das gut, und die Soldaten sind in der Festung."

Gertrud Häusermann (*1921, Aarau): „Wir mussten für alle Bewohner des Dorfes sogenannte Grabsteine herstellen. Das waren Namensschilder, die man um den Hals trug, damit sie einen hätten identifizieren können, wenn man bei einem Angriff ums Leben gekommen wäre. Die ganze Nacht lang beschrifteten wir diese Grabsteine."

Marianne Gromb (*1920, Basel): „Ich arbeitete damals als Kindermädchen bei einer jüdischen Familie in Baden. Der Vater setzte mich und die beiden Buben ins Auto, und wir flohen nach Montreux. Der Vater kehrte dann sofort wieder zurück. Er besaß eine Textilfabrik in Baden und sagte: Wenn ich nicht zum Rechten schauen, wird mir dort alles ausgeräumt."

Eva Auf der Maur (*1919, Luzern): „Sorgen machte ich mir nur um meine Kinder wegen des Antisemitismus. Ich bekam immer wieder anonyme Briefe, in denen man mich und die Kinder als ‚Brut' beschimpfte, weil ich als Tochter eines deutschen Juden einen Schweizer geheiratet hatte."

Besonders schlimm muss die Situation für die jüdischen Mitbürgerinnen und Mitbürger gewesen sein. Sie sahen sich doppelt bedroht: durch die Nazideutschen im eigenen Land und durch den versteckten Antisemitismus in der Schweizer

Bevölkerung. Vor diesem Hintergrund frage ich mich: Wie sind Schweizer und Deutsche miteinander umgegangen? Und wie ist es gelungen, nach dem Krieg wieder gutnachbarschaftliche Beziehungen über die Grenze hinweg aufzubauen?

Anni Nigg-Bernhard erzählt:

„Bei Kriegsbeginn kam ein Brief von Ludwig. Er war einmal, als wir noch klein waren, zwei, drei Sommer als Knecht bei uns auf dem Bauernhof gewesen und musste nun, als Vorarlberger mit seinen sechs Brüdern in den Krieg. Er schrieb, ob wir, die Schweizer, nicht auch zu ihnen, den Deutschen, kommen wollten. Vater war entsetzt, als er das las. Aber nicht der Ludwig, ist der jetzt ein Nazi?"

„Ludwig hat uns später erzählt, dass er damals tatsächlich mit seiner Truppe an unserer Grenze, hinter dem Guscha-Kamm, gestanden ist und gewusst hat: Jetzt geht es auf die Schweiz los. Er fragte sich, was ihm wohl begegnen würde. Er kannte ja alles, auch die Guscha-Alp auf unserer Seite. Plötzlich kam der Befehl zum Abmarsch. Ein Stein fiel ihm vom Herzen. Er wurde zum Russland-Feldzug abkommandiert, wo er auch den Rückzug miterleben musste. Sein Leben hing am seidenen Faden. Bei einem Sprung von einem Panzer verlor er ein Bein. Später hatten wir wieder Kontakt zu ihm und seiner Frau aus Norddeutschland."

Gestern schrieb mir der jüngste Bruder meiner Mutter eine Mail über den Vorarlberger Ludwig, der sie nach dem Krieg in Maienfeld besuchte:

„Ludwig und seine Frau waren bei uns zu Besuch. Es muss Mitte der Fünfzigerjahre gewesen sein. Wir saßen in der Stube. Vater und Ludwig rauchten Pfeife. Ludwig erzählte in etwas gedrückter Stimmung vom Krieg. Da fragte ihn mein Vater: ‚Na, Ludwig, hast du jetzt die versprochene Staatsstelle bekommen?' Da hat Ludwig mit der Pfeife auf sein Holzbein geklopft und gesagt: ‚Das da, das ist die Staatsstelle!' Das kann ich nicht vergessen, das hat mich getroffen. Und wenn ich heute an all die Kriegshandlungen denke, wird mir schlecht. Manchen jungen Leuten geht es doch auch heute noch genauso versch… Die Menschheit lernt einfach nichts."

Anpassung oder Widerstand?

Meine Reise in die Vergangenheit führt mich noch einmal in die Bündner Grenzregion, in meine zweite Heimat: das Städtchen Maienfeld. Ein Ereignis aus dem Schicksalsjahr 1940 ist immer wieder Thema in unseren Familiengesprächen – die ominöse ‚Eingabe der Zweihundert', eine Geschichte von Anpassung und Verrat.

Es geht um eine Petition, die den Bundesrat aufforderte, die Chefredaktoren einflussreicher bürgerlicher Zeitungen abzusetzen. Warum? Weil sie durch ihre kritische Berichterstattung über Nazi-Deutschland angeblich ein Sicherheitsrisiko darstellten. Neue Zürcher Zeitung, Basler Nachrichten und Der Bund seien von der „nebulösen Vorstellung einer internationalen Weltdemokratie" beherrscht. Sie ließen sich zu „Verunglimpfungen und feindseligen Handlungen gegen Nachbarstaaten" – gemeint war Deutschland – hinreißen.

Die erwähnte ‚Eingabe der Zweihundert' zählte 173 Unterzeichner aus der ganzen Schweiz. Darunter als einer der federführenden Erstunterzeichner Dr. Andreas von Sprecher aus Maienfeld. Doch noch bevor die Petition offiziell eingereicht werden konnte, gelangte ein Entwurf durch ein Leck an die Presse. Die Empörung war groß, denn die Petition verlangte von der Schweizer Regierung einen klaren Anpassungs- und Appeasement-Kurs gegenüber dem Dritten Reich.

Meine Mutter erzählte mir, wie sie bei einer Gastfamilie in Davos, bei der sie nach ihrer Schulzeit 1942 ein Hauswirtschaftspraktikum absolvierte, eines Tages vom Hausherrn mit dem Satz konfrontiert wurde: „Was für eine Gesellschaft habt ihr denn in Maienfeld!" Für meine Mutter war die ‚Eingabe der Zweihundert' eine Überraschung. Sie fragte sich: Wollte Andreas von Sprecher mit seiner Eingabe ein Blutbad in der Schweiz verhindern? Oder sein schönes, altes Anwesen im Städtchen Maienfeld retten? Handelte er aus Eigennutz oder aus Liebe zu Land und Leuten? Wir werden es wohl nie erfahren.

Die Anpasser – wer waren sie? Es waren Mitglieder des konservativen ‚Volksbundes für die Unabhängigkeit der Schweiz' (VUS). Sie verstanden sich als Erneuerer und träumten von der Morgenröte einer ewigen, wahren und autoritär geführten Schweiz. Sie wollten den Schwung der militärischen Erfolge des Dritten Reiches nutzen, um die Schweiz unter Wahrung der nationalen Unabhängigkeit neu zu gestalten. Sie waren überzeugt, dass die Unabhängigkeit der Schweiz nur durch eine totale Anpassung an Nazi-Deutschland gewahrt werden könne.

Der Historiker Jakob Tanner beurteilt die Eingabe der Zweihundert als zutiefst undemokratisch. Die Unterzeichner gehörten mehrheitlich zur politischen, wirtschaftlichen und kulturellen Elite der Schweiz, darunter 80 aktive Offiziere, 14 davon im Rang eines Obersten.

Doch wie verhielt sich die Schweizer Regierung? Gab es nicht auch Tendenzen zum Kotau vor Nazi-Deutschland? Ich denke an die anpasserischen Reden der Bundesräte Motta und Pilet-Golaz. Und wie sind die Waffenexporte nach Deutschland und der blühende Handel zwischen den beiden Ländern einzuordnen?

Nach der Kapitulation Frankreichs 1940 verlor die Schweizer Bevölkerung das Vertrauen in die eigene Wehrkraft. Unsicherheit und Pessimismus machten sich breit. In dieser unruhigen Zeit trat General Guisan auf den Plan. Er präsentierte sein Réduit-Konzept: den Rückzug der Armee ins Gotthardmassiv. Am 25. Juli 1940 versammelte er das gesamte 500 Mann starke Offizierskorps auf dem Rütli, einer historischen Wiese am Vierwaldstättersee, um seine Botschaft zu verkünden.

Mit einer legendären Rede gelang es Guisan, den Widerstandswillen zu entfachen. Der Rückzug der Truppen in die Berge wurde jedoch von weiten Kreisen der Bevölkerung zunächst mit Skepsis betrachtet. Die Réduit-Strategie bedeutete die Aufgabe des dicht besiedelten Mittellandes – ein Schock für die zurückgelassene Bevölkerung. Doch trotz anfänglicher Irritationen gelang es dem General, das Réduit als Symbol für Widerstand und Wehrhaftigkeit zu etablieren.

Die neue Strategie der mehrdimensionalen Landesverteidigung zielte nicht mehr auf einen militärischen Sieg gegen den eindringenden Feind. Stattdessen setzte der General auf einen zermürbenden Abnutzungskrieg. Die Wehrmacht hätte zwar leicht einmarschieren können, wäre aber auf Widerstand gestoßen, verbunden mit langfristigen Kosten.

Während der General Armee und Bevölkerung auf den Widerstand einschwor, schloss die Schweiz am 9. August 1940 einen Handelsvertrag mit Deutschland ab. Dies war der Beginn einer intensiven Zusammenarbeit. Auch wenn die Motive der Parteien von links bis rechts unterschiedlich waren, so waren doch alle davon überzeugt, dass das kleine Land angesichts seiner geopolitischen Lage von seinem mächtigen Nachbarn abhängig war und sich nützlich machen musste. Auch die Arbeiterbewegung unterstützte diese Entwicklung, da sie ein Interesse an Vollbeschäftigung hatte.

General Guisan war überzeugt, dass die Deutschen nun anders vorgehen und die Schweiz nicht mehr militärisch, sondern vor allem politisch und wirtschaftlich unter Druck setzen würden. Er sollte recht behalten. Von 1940 bis 1942 versechsfachten sich die Schweizer Exporte. Die Schweiz lieferte auch an die Alliierten. Die wirtschaftliche Zusammenarbeit mit Deutschland übertraf alle Erwartungen. Und was viele heute nicht wissen: Zwischen 1940 und 1944 exportierte die Schweiz zehnmal mehr Waffen an Nazi-Deutschland und seine Verbündeten als an die Alliierten.

Welche Lehren lassen sich aus diesem faszinierenden Kapitel der Schweizer Geschichte ziehen? Ich sehe dieses kleine Land vor mir, das sich von einem übermächtigen Nachbarn militärisch bedroht fühlt. Die Regierung schwankt zwischen Anpassung und Widerstand. Aber es gibt einen entschlossenen General, der den Willen zum Widerstand verkörpert. Der Krieg kann verhindert werden! Nicht zuletzt, weil sich der große Nachbar wirtschaftliche Vorteile vom Handel mit der Schweiz verspricht – und von den Waffen, die er aus dem kleinen, neutralen Land importieren kann.

Betrachten wir die Schweiz heute: Sie steht unter enormem Druck, Waffen an die Ukraine zu liefern und den Handel mit Russland einzuschränken. Die öffentliche Meinung in der

Schweiz ist gespalten, und es fehlt an umfassender Berichter-stattung, um sich eine fundierte Meinung bilden zu können.

Was kann man aus dem Verhalten der Schweiz 1940 für heu-te lernen? Erstens, dass Entscheidungen, die aus Angst oder dem Wunsch nach Anpassung getroffen werden, oft auf Kosten demokratischer Werte und Prinzipien gehen. Zwei-tens, dass trotz des Drucks, sich einem mächtigeren Akteur anzupassen, Widerstand nicht nur möglich, sondern auch lohnend sein kann, wie General Guisan gezeigt hat.

Mai 2023

Things have changed

Diesen Songtext von Bob Dylan habe ich ins Deutsche übersetzt: ‚Die Dinge ändern sich'. Der Song, der im Jahr 2000 als Single erschien, thematisiert Desillusionierung, verkörpert aber auch eine mutige Lebenseinstellung: sich nicht unterkriegen lassen von Einsamkeit, Isolation, Krieg, Krisen.

Ich bin ein gestresster Mann, habe Sorgen im Kopf
Niemand vor mir, nichts hinter mir
Eine Frau auf meinem Schoss trinkt Champagner
Ihre Haut ist blass, in ihren Augen liegt eisige Kälte
Ich schaue in den saphirblauen Himmel
Gut gekleidet warte ich auf den letzten Zug

Ich stehe unter dem Galgen,
Den Strick schon um den Hals geschlungen
Jeden Augenblick kann die Hölle losbrechen

Die Leute sind verrückt, die Zeiten seltsam
Ich stecke fest, bin aus dem Rahmen gefallen
Einmal engagiert, doch nun hat sich alles geändert

Dieser Ort passt nicht zu mir
Ich bin in der falschen Stadt
Ich gehöre nach Hollywood
Für einen kurzen Moment sah ich
Wie sich etwas bewegte
Ich nehme Tanzstunden, lerne den Jitterbug
Keine Abkürzungen im Leben, ich verkleide mich nur
Nur ein Narr denkt, er muss etwas beweisen

Viel Wasser fließt unter der Brücke
Und noch anderes Zeug
Meine Herren, bitte nicht aufstehen
Ich schaue nur kurz vorbei

Die Leute sind verrückt, die Zeiten seltsam
Ich stecke fest, bin aus dem Rahmen gefallen
Einmal engagiert, doch nun hat sich alles geändert

Sechzig Kilometer zu Fuß auf einer schlechten Straße
Wenn die Bibel recht hat, wird die Welt explodieren
Ich habe versucht, weit weg von mir zu fliehen
Manche Dinge sind zu heiß zum Anfassen
Der menschliche Geist hält nicht alles aus
Mit schlechten Karten kann niemand gewinnen

Hals über Kopf verliebe ich mich in die nächste Frau
Ich lade sie in einen Schubkarren
Schieb sie vor mir her

Die Leute sind verrückt, die Zeiten seltsam
Ich stecke fest, bin aus dem Rahmen gefallen
Einmal engagiert, doch nun hat sich alles geändert

Wenn ich verletzt bin, zeige ich es nicht
Du kannst jemanden verletzen, ohne es zu merken
Die nächsten sechzig Sekunden fühlen sich an
Wie eine Ewigkeit
Ich bin ganz unten angekommen
Aber jetzt schwinge ich mich hoch
Alle Wahrheiten dieser Welt zusammen
Ergeben eine große Lüge
Ich habe mich in eine Frau verliebt
Die ich nicht mal leiden kann

Mr. Jinx und Miss Lucy sprangen in den See
Ich will keine Fehler machen

Die Leute sind verrückt, die Zeiten seltsam
Ich stecke fest, bin aus dem Rahmen gefallen
Einmal engagiert, doch nun hat sich alles geändert

Die Zeiten ändern sich. Was tun inmitten dieser Umwälzungen? Mit scheint es wichtig, einen kühlen Kopf zu bewahren, zu meinen eigenen Bedürfnissen zu stehen und auch zu meinen Fehlern. Der Song ist ein Mutmacher, er hilft mir weiter. Sehenswert ist auch das Video zu diesem Song, in dem sich Bob Dylan humorvoll als älterer Gentleman inszeniert.

Life is hard

Ein weiterer Song von Bob Dylan aus seinem Album ‚Together Through Life‘ von 2009, den ich mit ‚Das Leben ist schwer‘ übersetze. Ich widme ihn allen Liebenden.

Kein Lüftchen weht heute Nacht
Ich habe den Weg und den Willen verloren
Ich weiß nicht, wohin sie gegangen sind
Ich weiß nur, was sie mir bedeuteten
Ich bleibe immer auf der Hut
Und gestehe: das Leben ist schwer

Ohne dich an meiner Seite
Du warst meine beste Freundin
So nah, so lieb zu mir
Du bist weit weggeglitten
Wo trennten sich unsere Wege?
Ich gehe am alten Schulhof vorbei
Ich gestehe, das Leben ist schwer
Ohne dich an meiner Seite

Seit jenem Tag
An dem du gegangen bist
Fühle ich eine tiefe Leere in mir
Weiß nicht, was richtig und was falsch ist
Weiß nur, wie schwer es ist
Da draußen gegen die Welt zu kämpfen

Seit wir uns verloren haben
Sind meine Gefühle ganz erloschen
Von Tag zu Tag, öde und traurig
Bleibt mein Herz verschlossen
Ich gehe die Allee entlang
Ich gestehe, das Leben ist schwer
Ohne dich an meiner Seite

Die Sonne sinkt tief
Es ist Zeit zu gehen
Ich spüre eine kühle Brise
Anstelle meiner Erinnerungen
Sind jetzt die Träume eingeschlossen
Ich gestehe, das Leben ist schwer
Ohne dich an meiner Seite

‚Life is hard' ist ein tröstlicher Song von Bob Dylan. Seit drei Jahren lebe ich ohne meine Freundin und weiß, was es heißt, seinen Weg und seinen Willen zu verlieren. Eine Trennung ist schwer, auch wenn sie in Freundschaft erfolgt. Meine Wahrnehmung der Welt hat sich vor allem während der Pandemie verändert. Ich bin auf mich allein gestellt. Kein guter Geist, der bei jeder Reise fragt: „Hast du die Apotheke eingepackt?" Aber es hat auch seine Vorteile. Ich werde wachsamer und weiß besser, was zu tun ist, wenn etwas passiert.

Mit der Zeit lässt die Trauer nach. Die Erinnerungen an die schönen Momente mit meiner Partnerin werden wieder lebendig. Diese Erinnerungen kann uns keiner nehmen. Ab und zu treffen wir uns auf einen Kaffee oder zu einer kleinen Wanderung. Wir machen uns gegenseitig Mut, dass wir auf unseren nun getrennten Wegen Erfüllung finden können. Die Einsamkeit hat auch ihre guten Seiten: Sie erlaubt mir, mich auf meine Arbeit zu konzentrieren und sie zu genießen. Sie erlaubt mir, mich für neue Erfahrungen zu öffnen. Ich verstehe Verlust, Trennung und Trauer besser. Diese Gefühle gehören zum Leben. Sie erlauben mir, das Miteinander, die Nähe und die Liebe neu zu entdecken.

Besuch im MoMA

Während eines Aufenthalts bei meinem Sohn in New York besuche ich das Museum of Modern Art, das MoMA. Von unserer Unterkunft in Brooklyn gehe ich zur U-Bahn-Station York und nehme den F-Train zum Rockefeller Center in Manhattan. Ich frage mich, wie es wohl wäre, als nicht mehr ganz junger Mensch in einer Stadt wie New York zu leben. Würde ich mich hier zugehörig fühlen und Menschen treffen, die meine Interessen teilen?

Als ich gestern durch Downtown Brooklyn ging, empfand ich es als laut. Viele Geschäfte waren geschlossen, die Wege für die wenigen Fußgänger wie mich waren lang und öde. Autos und eine umfangreiche Verkehrsinfrastruktur prägen das Stadtbild.

Ich schätze mich glücklich, in DUMBO zu wohnen – einem Stadtteil, der vor allem von Privilegierten wie meinem Sohn bewohnt wird, die in Start-ups arbeiten und dort eine eigene Community bilden. Die einkommensschwachen Bevölkerungsgruppen außerhalb dieses Viertels scheinen weit weg zu sein. Mich zieht es dorthin. Ich will wissen, wo sie leben, und besuche ihre Hochhaussiedlungen. Von außen sieht alles gut aus. Aber wie ist die Wohnqualität? Funktionieren Aufzüge, Müllentsorgung, Heizung, Kühlung und das soziale Miteinander?

Wie ich vor dem Eingang des MoMA in einer unscheinbaren Seitenstraße der großen Avenues ankomme, zieht mich die helle, lichtdurchflutete Eingangshalle des Südflügels des Museums sofort in ihren Bann. Majestätisch hebt sich ein Kunstwerk von der schlichten Architektur des Raumes ab: ‚Spectrum IV' von Ellsworth Kelly aus dem Jahr 1967. Ein Gemälde mit dreizehn Farbfeldern, minimalistisch gestaltet. Jedes Feld hat eine andere Farbe. Nebeneinandergestellt ergeben sie ein Farbspektrum. Der Eindruck, den es auf mich macht, ist lebhaft und beruhigend zugleich. Nun bin ich bereit, das Museum ohne festen Plan in alle Richtungen zu erkunden.

Ich stehe vor den hohen, schlanken Figuren von Alberto Giacometti. Eine Künstlerin, die mit Giacometti in Paris befreundet war, berichtet in einer ihrer Publikationen über die Atmosphäre in Giacomettis Atelier: „Alles war mit Gips bedeckt – die Wände, der Boden, die Decke, und als ich ihn zum ersten Mal sah, war auch er ganz mit weißem Gips bedeckt." Giacometti tauchte tief in seinen Schaffensprozess ein, wurde selbst Teil seines Kunstwerks.

In einem anderen Raum stoße ich auf ein beeindruckendes Werk von Mark Rothko: ‚No. 10' aus dem Jahr 1950. Rothko, ein Meister der abstrakten Kunst aus New York, betonte einmal, dass es keine gute Malerei ohne Substanz geben könne. ‚Nr. 10' ist in der Mitte von Gelb dominiert, darüber ein breites Farbfeld, das mich an einen blauen Himmel erinnert, und ganz oben ein schmaler Streifen strahlendes Weiß.

Im Wohnzimmer meiner Mutter, gleich neben ihrem Sofa, hängt ein Kunstdruck von Rothko in leuchtenden Rot- und Orangetönen. Meine Mutter hat nie Kunstunterricht gehabt, aber als gelernte Schneiderin hat sie ein sicheres Gespür für Farben und Formen. Ihre Wohnung strahlt eine besondere Wärme und Behaglichkeit aus, zu der Rothkos Kunst wesentlich beiträgt.

Zügig gehe ich durch die Räume. Gezielt suche ich nach Bildern und Gegenständen, die mich faszinieren. Bei einem zweiten Rundgang entdecke ich dann die weniger auffälligen, stillen Kunstwerke.

Nam June Paiks ,Zen for TV' von 1963 fällt mir sofort ins Auge. Als jemand, der selbst mit Video arbeitet, sehe ich in dem in Korea geborenen Amerikaner einen wichtigen Mitbegründer der Medienkunst. Ich stehe vor einem Fernseher, der auf einem Sockel steht, auf dem normalerweise Skulpturen präsentiert werden. Das Bild auf dem Fernseher ist eine schmale vertikale Linie. Paik prophezeite, dass die Kathodenstrahlröhre die Leinwand ablösen würde.

Für mich ist es immer wieder eine Überraschung, Werke von Kunstschaffenden aus anderen Ländern und Kontinenten zu entdecken, deren Namen ich bisher nicht kannte. Eine von ihnen ist die Künstlerin Marisol Escobar, deren beeindruckendes Familienporträt meinen Blick auf sich zieht. Ich stehe vor einer aus Holz geschnitzten und bunt bemalten Mutter. Sie sitzt, neben sich drei Kinder. Ein Baby hält sie auf ihrem Schoß. Inspiriert wurde Escobar von einem alten Familienfoto, das sie in ihrem New Yorker Atelier fand.

Während ich in der Cafeteria des Museums sitze, höre ich Gespräche und das Klappern von Geschirr. Die Besucherinnen und Besucher, allein oder in Gruppen, warten geduldig auf ihre Bestellung. Ihr individueller Kleidungsstil zeugt von ihrer Verbundenheit mit der Kunstwelt. Hier, inmitten der inspirierenden Atmosphäre des Museums, fühle ich mich lebendig.

Ich setze meinen Rundgang durch das Museum fort. Es ist eine Zeitreise durch die Geschichte der Kunst. Ich stoße auf das Werk ‚Die Liebenden' (1928) von René Magritte, dem belgischen Meister des Surrealismus. Zwei Menschen umarmen und küssen sich, sind aber durch ein weißes Tuch voneinander getrennt. Dieses Werk regt mich an, über die Komplexität von Beziehungen nachzudenken.

Ebenso beeindruckt bin ich von ‚Le Déjeuner en fourrure' (1936) der Schweizer Künstlerin Meret Oppenheim. Sie hat eine Teetasse mit Fell überzogen, was bei mir als Betrachter einen unerwarteten Effekt hervorruft: Ich werde an meine Schulzeit erinnert, als der Lehrer mit einem trockenen Tuch die mit Kreide vollgeschriebene Tafel abwischte. Dabei entstand ein „staubiges" Geräusch, das ich als äußerst unangenehm empfand.

Dann begegne ich der großformatigen Arbeit ‚My vows' (1988/91) der französischen Künstlerin Annette Messager. Es ist aus Hunderten von Fotografien von Körperteilen zu einer vielschichtigen Collage zusammengesetzt. Ich sehe Hände, Augen, Münder, Ohren samt Gehörgängen, Hinterköpfe, Zungen, Zähne, Brustwarzen, einen Venushügel und ja, auch einen Penis. Die Arbeit ist eine beeindruckende Darstellung des menschlichen Körpers, die mich zum Nachdenken über meine eigene Körperwahrnehmung anregt.

Ebenso faszinierend finde ich das Projekt der kolumbianischen Künstlerin Gala Porras-Kim, die in ihrer Arbeit ‚130 Offerings for the Rain' (2021) alte Objekte aus Chichén Itzá, einer Maya-Kultstätte in Mexiko, sichtbar macht. Porras-Kim hat die textilen Opfergaben für den Regengott detailgetreu gezeichnet und präsentiert sie hinter Glas. Beim genauen Betrachten dieser Zeugnisse fühle ich mich wie ein Kaffeesatzleser, der in den alten Textilien der Maya die Zukunft unserer Welt voraussieht: Die Kontinente Afrika und Europa bewegen sich aufeinander zu, die schmelzenden Eisschollen am Nordpol fließen wieder zusammen. Der Regengott triumphiert über den Gott der Hitze. In einem Interview mit ‚Riot Material' (2022) erklärt die Künstlerin, dass die Zeichnung ihr bevorzugtes Medium sei. Sie könne sich beim Zeichnen intensiv mit einem Thema auseinandersetzen.

Schließlich besuche ich die Ausstellung ‚Architecture Now: New York, New Publics'. Sie zeigt, wie sich die Stadt durch ihre Architektur verändert. Ich bekomme Einblicke in die Arbeit junger Designerinnen und Designer, die öffentliche Räume neu interpretieren. Die Situation auf dem New Yorker Immobilienmarkt ist absurd. Millionen Quadratmeter Gewerbe-, Büro- und Wohnfläche sind ungenutzt, aber nur wenige können sie sich leisten. Die in der Ausstellung präsentierten Projekte haben mir die Augen geöffnet: Was wäre in dieser Stadt alles möglich! Beeindruckende Projektideen für sorgfältig angelegte Gemeinschaftsgärten in unwirtlichen Gegenden werden vorgestellt. Ja, in diese Richtung sollte es weitergehen. Aber wichtige Fragen bleiben in der Ausstellung unbeantwortet: Wie kann auf die sozioökonomische Situation in New York reagiert werden? Wie mit der Tatsache umgehen, dass der Wohnraum für die einkommensschwache Bevölkerung immer kleiner wird?

Nach vier Stunden verlasse ich das MoMA. Meine Augen und meine Gedanken sind voller Kunstwerke und Eindrücke von New York. Draußen auf der Straße komme ich mir vor wie in einem Film. Die hoch aufragenden Gebäude, die herannahenden Autos und Taxis, die vorbeieilenden Menschen, alles wirkt wie in einer einzigen Kameraeinstellung eingefangen. Ich nehme jeden Winkel, jedes Detail rund um das Rockefeller Center wahr.

Für die Rückfahrt nach Brooklyn nehme ich wieder den F-Train. Durch das Fenster beobachte ich die sich ständig verändernde Stadtlandschaft. Die Wolkenkratzer weichen kleineren Gebäuden, die Straßen werden schmaler und weniger belebt. Ich habe das Gefühl, in eine andere Welt einzutreten. In diesem Moment wird mir klar, dass jede Reise eine Erkundung ist – nicht nur neuer Orte, sondern auch meiner selbst. Entscheidend ist, was ich daraus mache. Der Besuch im MoMA zeigt mir, wie Kunst mir helfen kann, die Welt und mich selbst besser zu verstehen. Ich freue mich auf meine nächsten Ausflüge in New York.

Was macht uns menschlich?

Ich spaziere gerade durch den frühlingshaft sonnigen Central Park. Es fühlt sich an wie Sommer. Ich höre Gitarrenmusik. Der Musiker sitzt auf einer Bank und spielt. Sein Repertoire: Bluegrass und Country aus Tennessee und Kentucky. Ich setze mich neben ihn. Wir kommen ins Gespräch. Er erzählt mir, wie die Carter Family in den Zwanziger- und Dreißigerjahren die Countrymusik populär gemacht hat. Und dass das Radio eine entscheidende Rolle dabei gespielt hat, ihren Sound ins Land zu tragen. Dann spielt er andere Lieder. Ich sitze da und höre zu: Musikgeschichte, live und direkt.

Danach mache ich mich auf den Weg zum American Museum of Natural History. Ich bin neugierig. Was erwartet mich dort? Das Museum bietet tatsächlich viele interessante Einblicke. Ich erfahre, wie Schmetterlinge vor dem Aussterben gerettet werden können, wie eine schöne Herbstlandschaft aussieht und was ihre Schönheit ausmacht. Ich lerne auch, warum aus der Zersetzung toter Organismen neues Leben entsteht. Alles in der Natur hängt miteinander zusammen. Das Wort „Biodiversität" bringt diese Tatsache auf den Punkt.

Was macht uns Menschen im Schöpfungsprozess besonders? Im Museum sehe ich ein Bild, auf dem der erste amerikanische Ureinwohner die holländischen Siedler in Lower Manhattan, New York, begrüßt. Er bietet ihnen ein Geschenk an und verlangt nichts dafür. Macht Gastfreundschaft uns menschlich? Warum brachten die Siedler zu diesem ersten Treffen ihre Waffen mit? Hatten sie Angst vor den Ureinwohnern oder waren sie besessen von ihrem Land?

Ich freue mich, dass das American Museum of Natural History bereit ist, seine lange Geschichte zu überdenken, insbesondere die Art und Weise, wie es nicht-westliche Menschen dargestellt hat. Hier ist, was das Museum seinen Besuchern erzählt:

„Die 150-jährige Geschichte der Institution und ihrer Sammlungen ist eingebettet in die größere Geschichte dieses Landes, des westlichen Imperialismus und der kulturellen Repräsentation durch Museen auf der ganzen Welt. Unsere eigene Geschichte umfasst bedeutende Errungenschaften in den Bereichen wissenschaftliche Forschung, Ausstellungen, Bildung und öffentliche Programme, aber leider auch die Beteiligung an rassistischen und ethnozentrischen Bewegungen und Praktiken. Darüber hinaus zeigen viele unserer kulturellen Ausstellungsräume nicht-westliche Kulturen aus einer kolonialistischen oder imperialistischen Perspektive. Diesen Räumen fehlt heute ein wichtiger Kontext und sie spiegeln weder die Werte und Perspektiven des Museums noch die aktuelle anthropologische Praxis wider."

Mir wird klar, dass die Menschheit durch ihre Fähigkeit zu Empathie und Mitgefühl, aber auch durch ihre Schwächen und Fehler gekennzeichnet ist. Vielleicht sind wir deshalb ständig unterwegs: um uns selbst und die sogenannten Anderen besser kennen zu lernen.

Wandel einer Metropole

Der renommierte New Yorker Ethnologe David Graeber hat sich in einem seiner jüngsten Werke mit antiken Städten beschäftigt. Zusammen mit seinem Co-Autor David Wengrow kam er zu dem Schluss, dass Bauwerke wie die Pyramiden in Ägypten oder Mexiko nicht nur den Höhepunkt oder das Ende einer Kultur darstellen. Vielmehr deuten ihre Untersuchungen darauf hin, dass sich Großstädte in einem ständigen Wandel befinden, vertikale und hierarchische Strukturen verschwinden oder aufgegeben werden. Besonders interessant war ihre Entdeckung einfacher Siedlungsstrukturen in Teotihuacan, nahe Mexiko-Stadt, wo sie Hinweise auf gemeinschaftliche, nicht-hierarchische Lebensweisen fanden.

Angesichts dieser Erkenntnisse stellt sich die Frage, ob moderne Großstädte wie New York ähnliche Veränderungen durchlaufen. Bevor ich zurück nach Zürich fliege, besuche ich noch einmal das Museum of Modern Art (MoMA) und frage mich, ob die Sammlungen des Museums seit 1970 darauf hindeuten, dass New York vielleicht nicht mehr die Welthauptstadt sein will.

Die Bilder von Martin Wong, einem amerikanischen Künstler der Achtzigerjahre, könnten mir Hinweise geben. Wong malte in naturalistischem Stil die Veränderungen in der Lower East Side. Damals pulsierte New York vor kultureller Aktivität und künstlerischem Experiment. Der blühende Finanzmarkt versprach der Stadt neuen Wohlstand. Doch Martin Wongs Bilder zeigen die Stadt, wie sie vom wirtschaftlichen Zusammenbruch der Siebzigerjahre hart getroffen wurde. Er porträtierte Menschen am Rande der Gesellschaft, darunter Graffiti-Künstler und Gefängnisinsassen.

Auch die Fotografin Ming Smith zeigt in ihren Arbeiten den Wandel der Metropole. Ihre Fotografien erzählen Geschichten von Menschen, die sich aus dem feindlichen urbanen Umfeld zurückziehen und im hellen Licht der Straßen nur noch als Schatten zu erkennen sind. Ihre Fotografien erinnern an den Blues und vermitteln die Würde der afroamerikanischen Community in ihrem Kampf ums Überleben.

Auf einer anderen Ebene hinterfragen die Künstler Kate Crawford und Vladan Joler die Dominanz New Yorks als Metropole. Mit einer Installation zeigen sie, wie New York im globalen Netzwerk nur noch ein Knoten unter vielen ist, wenn auch ein bedeutender. Anhand eines Lautsprechers von Amazon veranschaulichen sie die Komplexität globaler Produktions- und Vertriebswege.

Das Videospiel ‚Never Alone' des Künstlers Ishmael Hope (Alaska) ist ein Puzzle-Adventure-Spiel. Es basiert auf einer traditionellen Geschichte der Iñupiaq und handelt von einem Mädchen und ihrem arktischen Fuchs. Die lokale Community, bestehend aus jungen und alten Einheimischen, war an der Entwicklung der Geschichte beteiligt. Ziel des Projekts war es, die traditionellen Überlieferungen für zukünftige Generationen zu bewahren. ‚Never Alone' kann nun überall auf der Welt gespielt werden. Wie können die alten Traditionen der Iñupiaq einen Beitrag zur modernen Welt leisten, ohne ausgebeutet zu werden?

Der französische Philosoph Henri Lefebvre sieht den Schlüssel zum Überleben der Menschheit in der Fähigkeit, poetisch zu leben. Diese Poetik manifestiert sich auch in der Architektur New Yorks – in den Hauseingängen, auf den Straßen, in den U-Bahn-Schächten und in den Museen. Die Stadt verändert und erfindet sich ständig neu.

Augenblicke

Zürich ist eine aufregende Kulturstadt. Sie bietet Raum für alles: Theater, Museen, Konzertsäle, Tanzbühnen und Soziokultur. Auch die Kreativwirtschaft mit ihrer Innovationskraft findet hier eine Heimat. Doch manchmal fehlt es an Räumen für Experimente und Neues, das sich nicht so leicht verkaufen lässt.

Dank der Jugendbewegung der Achtzigerjahre gibt es in Zürich einige Freiräume. Einer davon ist das Video- und Filmfestival VIDEOEX, das im alten Zeughaus mit seinem schönen Garten und einer aktiven alternativen Szene stattfindet.

Entstanden aus dem Kino Xenix und dem experiMENTAL 91–98 ist VIDEOEX heute das größte Festival für experimentelle audiovisuelle Formen in der Schweiz. Jedes Jahr im Mai werden während zehn Tagen Filme und Videos gezeigt, die das konventionelle Erzählkino mit überraschenden experimentellen Ansätzen aufbrechen, erweitern und bereichern – an der Schnittstelle von Kunst, Film und Politik.

Nun feiert VIDEOEX sein 25-jähriges Jubiläum. Festivalleiter Patrick Huber hat all die Jahre trotz knapper Budgets mit Ausdauer und Einfallsreichtum durchgehalten. Er schafft immer wieder eine inspirierende Festivalatmosphäre. Ein großes Lob an Patrick!

In diesem Jahr ist ein Teil des Programms dem Medienwissenschaftler und Experimentalfilmer Johannes Binotto gewidmet. Ich hatte das Vergnügen, ihn gestern live zu erleben – es war ein unvergesslicher Abend. Es ist erfreulich, dass Binotto seine Arbeiten auch online zugänglich macht.

‚Screenshot' (9 Min.): Ein Screenshot, auch bekannt als Bildschirmfoto, ist eine Darstellung dessen, was gerade auf dem Bildschirm zu sehen ist, sei es auf einem Computer, einem mobilen Gerät oder einem anderen Gerät. Johannes Binotto hat durch seine intensive Beschäftigung mit Kinofilmen hunderte, wenn nicht tausende Screenshots von Standbildern aus Filmen angefertigt, um diese besser analysieren und beschreiben zu können. In diesem Videoessay geht er der Frage nach, wie diese Bilder uns beeinflussen und ob sie zu einem endlosen Film montiert werden könnten, der unser Leben bis ans Ende unserer Tage begleitet. URL: vimeo.com/589010075

‚Color' (6 Min.): Johannes Binotto argumentiert, dass Farben im Film nie natürlich sind, sondern künstlich erzeugt werden. Was realistisch erscheint, ist eine Simulation, ein Effekt von Tönung und Farbton. Auch unser eigenes Farbempfinden ist nicht festgelegt, sondern variiert von Mensch zu Mensch: Farbe als mentale Interpretation. Die Geschichte des Farbkinos regt dazu an, Normen und Stereotypen der Realität

aufzubrechen und die Wirklichkeit neu zu interpretieren.
URL: vimeo.com/781224718

‚Pause' (5 min): Jeden Tag unterbrechen wir einen Film, einen
Podcast oder eine Videoaufzeichnung, indem wir auf Pause
klicken, um etwas anderes zu tun. In der Vergangenheit des
Kinos konnte ein Film während der Vorführung im Kinosaal
nicht angehalten werden. Der Film und das Kino hätten au-
genblicklich Feuer fangen können. Dieser Videoessay beschäftigt sich mit Themen rund um Zeit und Vergänglichkeit.
Url: vimeo.com/528328515.

Juni 23

Garage-Show

Liebe Freundinnen und Freunde,

ich bin frisch aus der US-Metropole zurückgekehrt und freue mich, euch am Montag, den 12. Juni von 18 bis 20 Uhr zu einer besonderen Show in meine Garage einzuladen.

Ich präsentiere ein Video mit dem Titel ‚New York City‘, bestehend aus Fotos meiner New York-Aufenthalte zwischen 2012 und 2016, unterlegt mit dem Song ‚Jukebox Babe‘ von Alan Vega.

Obwohl ich keine Menschen fotografiere, spüre ich ihre Präsenz in dem, was sie hinterlassen haben. Die Fotos repräsentieren meine Wahrnehmung der Stadt dar – ihre Haut, ihre Kleidung.

Die Fotos entstanden während der ersten vier Jahre meiner Besuche bei meinem Sohn, der jetzt in Brooklyn lebt. Seine Wohnung ist mein sicherer Hafen nach meinen langen fotografischen Streifzügen.

Ich freue mich auf den Apéro.

Für die Leserinnen und Leser von ‚mittendrin‘ hier die Links: Kurz: vimeo.com/832879993 / Lang: vimeo.com/849179761

Epilog

Vor 13 Milliarden Jahren begann das Universum mit einem gewaltigen Knall. Es war unglaublich heiß, fast drei Milliarden Grad. Wie alles im Leben wird auch das Universum eines Tages zu Ende gehen. Dann werden alle Sterne erloschen sein. Dieser Gedanke erinnert mich daran, wie wunderbar unser Planet ist. Er ist unser einziges Zuhause in diesem riesigen, aber begrenzten Universum.

Es ist sommerlich warm. Ich schlurfe durch meine Wohnung, öffne den Kühlschrank und esse ein paar Bio-Kirschen. Ich genieße den Moment und schätze das gute Leben, das ich führen darf.

Lieferbare Bücher von Heinz Nigg

Nähere Angaben auf der Wikipedia Seite

Entrechtet – beraubt – erinnert. Opfer der Nazis (2021)

Video: Ich sehe! Eine Autobiografie (2021)

Rebel Video – über das unabhängige Videoschaffen (2017)

Wir sind weniger, aber wir sind alle – die 68er (2008)

Wir wollen alles, und zwar subito! Die 80er Unruhen (2001)

Global Town. Porträt der Region Baden-Wettingen (2010)

Da und fort. Migration in der Schweiz 1945-2000 (1999)

Letten it be. Drogenhölle im Zürich der 90er Jahre (1995)

Mit Margrit Bürer: Video mit Kindern u. Jugendlichen (1990)

Zusammen mit Graham Wade: Community Media (1980)